SARAH CHICHE

DIE WILDE SCHÖNHEIT DES LEBENS

Roman

Aus dem Französischen
von Michaela Meßner

btb

Den Verletzlichen und Trauernden

PROLOG

Es wurde schon Herbst. Seit zwei Tagen wachten sie bei ihm. Am Morgen des dritten Tages senkte sich die Finsternis über ihre Augen. Die Mutter saß zusammengesunken auf einem Stuhl in der Zimmerecke. Sie hielt ein Taschentuch im Schoß, rot von Blut. Der Vater saß am Kopfende und strich ihm zärtlich über die Stirn, als wiege er ein ganz kleines Kind in den Schlaf. Seine Frau hielt ihm die Hand. Ihre Finger waren blau vor Kälte. Die Wangen wachsbleich. Ihre blonde Schönheit lodernd, ein wenig schmutzig, das Kleid etwas zu aufgedonnert. Er lag reglos da, eingesperrt in sich selbst, konnte sich nur noch über ein Schreibtäfelchen mitteilen, das er in Reichweite bereithielt. Man hatte ihm eine Sonde in die Luftröhre geschoben, die mit einem Beatmungsgerät verbunden war; in seiner Nase steckte ein Schlauch. Hin und wieder wanderte sein Blick vom Überwachungsmonitor, auf dem man den Herzrhythmus, den Sauerstoffgehalt seines Blutes, den Blutdruck und die Körpertemperatur verfolgen konnte, hinüber zum Gesicht seiner Frau, dann wieder zum Monitor, dann wieder zum Gesicht seiner Frau. Er sah sie an. Betrachtete sie. Ihre Augen. Ihre Hände. Ihre Lippen. Ihrer beider Schweigen. Ihre Worte. Ihre Freuden. Ihr Leid. Ihre Erinnerungen. Er spürte, wie ihre Finger die seinen drückten. Sah auf diese Hand, die sich in seine verkrallt hatte, ganz wie früher, wenn sie kurz vorm Orgasmus war, wenn er ihr Gesicht in seine Hände nahm, um sie zu küssen, wenn sie ihre Finger mit seinen verschränkte, den Kopf zur Seite neigte, die Augen unter dem dichten Haar verbarg, das in gedrehten Locken über ihren Mund fiel, plötzlich ferner dem Mann, der sie liebte, bis ihr Feuer ihn verbrannte, wenn sie zur Nacht wurde, in die sie beide stürzten.

Die ersten Anzeichen waren weniger als ein Jahr nach ihrer Hochzeit aufgetreten. Sie hatte gerade ihr Kind geboren. Den Hochzeitstag hatte sie an seinem Bett verbracht. Jeden Tag hatte sie ihm beim Duschen geholfen, beim Zähneputzen, beim Anziehen. Jede Nacht hatte sie bei seinem Krankenbett geschlafen, zusammengekauert in einem Sessel. An seiner Seite hatte sie alles mit ihm durchgestanden, das Fieber, den Nachtschweiß, die Alpträume, aus denen er schlotternd in ihren Armen erwachte, die Blutarmut, die Übelkeit, die Blutgerinnungsstörungen, die Chemotherapie, die Injektionen, die Blutentnahmen, die Hämatome, die sich auf seinen Oberarmen ausbreiteten und die die Schwestern nötigten, ihn in die Hände, den Hals oder die Füße zu stechen, wenn ihnen die Venen unter der Hand wegrollten, sich versteckten und schließlich verhärteten. Sie hatten die Termine beim Hämatologen durchgestanden, das Warten auf die Ergebnisse, die Hoffnung auf eine Remission, die verfrühte Freude, den Rückfall.

Er ließ den Daumen über die Innenfläche ihres Handgelenks wandern.

Sie würde ohne ihn altern. Er wünschte sich, dass sie

alt werden würde. Dieses Gesicht, in dessen Schatten er so gern sein Kind hätte aufwachsen sehen, dieses infernalisch schöne Gesicht, das er zum Lachen gebracht hatte, wo sie doch sonst nie lachte, das er gefilmt, fotografiert, geküsst, gestreichelt hatte, würde am Ende verwelken. Und zugleich würde sie nie altern. Selbst mit Falten würden ihr diese Augen bleiben, Augen eines Fauns, dieses Raubtierlächeln, das ihn vom ersten Augenblick an verzaubert hatte, ihn und andere, und das noch viele verzaubern würde, das wusste er, denn sie hatte keine Erinnerung, hatte keine Geschichte. Vielleicht rief dieser Gedanke ein tiefes Mitleid in ihm wach, doch keines mit sich selbst, wie etwa wenn uns klar wird, dass wir so, wie wir sind, niemals genügen werden und dass wir letztlich über das Wesen, mit dem wir schlafen, nur wenig wissen, sondern Mitleid mit ihr, denn auch sie kannte sich nicht. Er rang um Luft.

Seine Mutter sprang auf und kam zu ihm. Ihr Haar, das sie seit mehreren Tagen nicht frisiert hatte, hatte sich hinten im Nacken zu einem wattigen Päckchen verdichtet. Ihr Gesicht war von Schlafmangel gezeichnet. Die Haut unter den Augen hing schlaff herab. Sie zog eine Mischung aus Lavendelduft und Schweißgeruch hinter sich her. Die Augen seiner Frau blitzten auf wie kaltes Glas. In einer fast symmetrischen Bewegung trat sie naserümpfend vom Bett zurück. Die Mutter, der nichts davon entgangen war, schenkte ihr keine Beachtung und begann zu sprechen. Sie redete endlose Minuten, pausenlos, nur hätte niemand sagen können, worüber eigentlich. Normalerweise waren ihm diese langen, von Seufzern unterbrochenen Monologe unerträglich; diesmal, so fand er, besaßen sie eine anrührende Komik. Sie kämpfte wie ein kleines Tier, das im schwarzen Sack einer Angst gefangen ist, aus der niemand sie jemals hatte befreien können, die ihn aber fortan nichts mehr anging. Er betrachtete ihre milchige Haut, die Pigmentflecken auf ihren Unterarmen. Sie sagte noch etwas zu ihm, aber er hörte nicht mehr hin. Er war in den Anblick der Falte versunken, die quer über die Wange seines Vaters lief und die er bisher nicht bemerkt hatte. Er musterte den fahlgrauen Ton, den die olivgraue Haut angenommen hatte, seine schwarzumrandeten Augen. Die feste Überzeugung, dass er der Grund war für das vorzeitige Altern seiner Eltern, dass das schwarze Loch, das ihn selbst einzusaugen drohte, auch sie einsaugen würde, war ihm unerträglich. Es war an der Zeit, dass er sie von ihm befreite.

Eine Schwester in grüner Tracht trat ins Zimmer. Sie ließ die Jalousien herunter. Eine Wachschwester. Müdes Gesicht. Sie hatte sich gerade etwas hingelegt, um ein wenig zu ruhen, als man sie gerufen hatte. Ihr wurde gesagt, es handle sich um eine etwas ungewöhnliche Aufnahme und die Familie könne über die festgelegten Besuchszeiten hinaus dableiben. Es ist immer leichter, Kranke zu pflegen, die man ein wenig kennt – denn selbst wenn man weiß, dass man sie vielleicht nicht wird retten können, hilft doch die Erinnerung an das, was sie einmal waren, und an den Einsatz, den man gebracht hat, sie bis zum Ende zu pflegen, manchmal bei der Rettung anderer. Deshalb hatte die Schwester um Erklärungen gebeten. Am Ende hatte man ihr gesagt, wer sie waren.

Sie hatten alles verloren. Hatten alles hundertfach zu-
rückgewonnen. Er, der Vater, hatte ohne Unterlass gear-

beitet – es hieß, er schlafe nie. Er hatte ein kolossales Vermögen angehäuft. Kliniken, zahllose Altersheime und ein Schloss. Sie verfügten über Köche, Hausangestellte und Gärtner, einen ganzen Autofuhrpark. Sie hatten sich zwar selbst nichts versagt, sich aber doch auch großzügig gezeigt, indem sie sich um die Ärmsten unter ihren Angestellten gekümmert hatten – falls diese Verschwendung nicht aus Eitelkeit geschah oder aus Mitleid, aus Paternalismus. Jedenfalls versorgten sie Hunderte von Menschen mit Arbeit und sogar mit Wohnungen. Sie hatten haufenweise Chirurgen ausgebildet, Assistenzärzte, Anästhesisten, Radiologen. Und sie hatten mehrere Revolutionen mit ihnen erlebt: das erste Antibiotikum, die ersten Herztransplantationen, die ersten Darmspiegelungen. Hatten in Algerien und Frankreich Zigtausende von Patienten behandelt. Aber als die Krankenschwester auf den Vater des jungen Mannes zuging, der dort im Bett lag, um ihn mit gedämpfter Stimme zu begrüßen, erkannte sie den Mann nicht wieder, den die Zeitungen den »Klinikprinzen« nannte. Sie sah nur einen alten Mann vor sich, der gerade dabei war, seinen Sohn zu verlieren.

Leukämie.

Der Notarzt hatte ihn gebracht, nachdem ihm im Badezimmer schlecht geworden war, genau in dem Moment, da jeder dachte, es gehe aufwärts mit ihm. Er war wieder etwas zu Kräften gekommen und hatte deshalb allein ins Bad gehen wollen. Dort hatte er das Bewusstsein verloren. War mit dem Kopf auf den Badewannenrand gefallen. Unter dem Schock hatte er sich übergeben. Man hatte ihn mit dem Gesicht im Wasser gefunden, die Nase blutig. Der Mageninhalt war in die Speiseröhre und die

Bronchien gelangt. Man hatte ihn intubiert. Hatte alles, was die Atemwege verstopfte, abgesaugt. Ein künstliches Beatmungsgerät angeschlossen. Ihm Infusionen gegeben. Er hatte die Augen aufgeschlagen.

Der Bruder kam ins Zimmer geeilt. Er sah, wie seine Mutter sich ihm in die Arme warf, seine Frau geschwind ihr Haar ordnete. Er trat näher und fragte ihn, ob man ihm das Kopfkissen aufklopfen oder ihm die Kissen unter den Armen wegnehmen solle. Er wiederholte mehrfach: Möchtest du, dass man dir das Kopfkissen aufklopft? In den ersten Krankenhausmonaten war ihm schon beim bloßen Anblick seines Bruders vor Wut die Luft weggeblieben. Jetzt starrte er ihn bleich und verbittert an, während der Bruder sich aus der mütterlichen Umarmung löste. Doch seltsamerweise wurde er diesmal an ihre besten Momente erinnert. Ein starkes Gefühl überwältigte ihn: Was ihr Zusammenleben wirklich wertvoll gemacht hatte, lag tief in ihren Kindheitsjahren verborgen. Ihn schmerzte wieder die Lunge. Er verdrehte die Augen. Alle schrien entsetzt auf.

Eine zweite Krankenschwester rannte herbei, eskortiert von einer Pflegerin. Er wurde auf die Seite gedreht. Die Schläuche, über die er an Maschinen angeschlossen und mit dem Infusionsgerät verbunden war, wurden vorsichtig zusammengerafft. Sein Puls schlug wie wild. Das Beatmungsgerät geriet außer Kontrolle. Man hielt seinen Körper fest, eine Hand auf dem Thorax, die andere auf den Oberschenkeln. Säuberte seine Ohren, die Augenränder, fuhr mit dem Waschlappen über seinen Oberkörper, seinen Penis, zwischen die Pobacken, warf den Lappen weg, nahm einen neuen. Man wusch ihm den Rücken. Die

Schwestern in ihren grünen Kitteln schwebten wie Geister umher. Hinter ihren Masken lächelten halb geschlossene Augen ihn an. Er sah zu, wie die transparenten Tropfen der Infusion, die man ihm an seinen linken Unterarm angelegt hatte, nacheinander in den Plastikbeutel tropften. Das Licht wurde lebhafter, stärker. In den letzten Lebenstagen wird der Älteste wieder zum Jüngsten. Wir schlafen wie die Säuglinge. Der Dämmerzustand, in den die fortschreitende Krankheit und die Medikamente ihn versetzten, machte ihm in den ersten Monaten große Angst. Dann war er eine Erleichterung für ihn, auf die er wartete, so wie man bei Tagesende in seinem Kinderbett auf eine Geschichte wartet, immer dieselbe, gelesen von einer Mutter, die diese Pflicht nie vernachlässigen würde. Er schlief ein.

Die Stunde war vorüber. Das Bett, die Maschinen und ihre Schatten waren in ein bläuliches, klares Licht getaucht. Die Tür von Zimmer 16, die offen stand, ging auf den nach Desinfektionsmitteln und milder Seife riechenden Flur hinaus. Zu beiden Seiten befanden sich andere Zimmer, aus denen das Brummen der künstlichen Beatmungsgeräte zu hören sein würde, der automatische Alarm einer Infusion oder eines Monitors, Weinen. Auf Intensivstationen gibt es oft nur wenige Zimmer, und in dieser hier, die im Erdgeschoss eines an eine Autobahn angrenzenden Hauses lag, gab es achtzehn Zimmer, in denen die Familien über ihre Angehörigen wachten, während andere Patienten starben oder aus dem Reich zwischen Leben und Tod in die Einsamkeit zurückkehrten.

Er verschlief einen Teil des Tages, bis zum Abend. Erwachte in einem einzigartig friedlichen Zustand. Man hatte die Neonlichter eingeschaltet. Zwei andere Schwestern machten sich an seinem Bett zu schaffen. Er hatte sie noch nie gesehen. Verwirrt begriff er, dass Zeit vergangen war. Es war sechs Uhr abends. Als er noch ein blutjunger Mann war, war ihm diese Tageszeit beim Übergang zum Winter die liebste gewesen. Mit einem Mal brach die Nacht in den Tag ein. Er ging dann, stets allein, in den spanisch-maurischen Saal des Cafés in der Moschee von Paris, um dort einen brüllend heißen Tee zu trinken, oder er lief bis zu den Quais, um in alten Botanik- oder Anatomiebüchern zu stöbern oder in illustrierten Büchern mit Pappeinband. Er fürchtete weder die Einsamkeit noch die Stille. In solchen Momenten war er meist am glücklichsten.

Sein Vater kam näher, sah ihm tief in die Augen. Er flüsterte ihm ein paar Worte ins Ohr. Nachdem man den Starttermin der Raumsonde Voyager aufgrund von Inspektionen in letzter Minute zweimal verschoben hatte, startete sie nun in den Weltraum, um ihrer Schwestersonde zu folgen, die bereits ein paar Wochen zuvor ins All aufgebrochen war. Diese Neuigkeit erfüllte ihn mit Freude. Er hatte dem Ehrgeiz immer schon das Mysterium der Sterne, Kinofilme und alte Bücher vorgezogen. Und später dann Ève, seine Frau. Er würde nie Bilder des Saturn oder anderer Gasplaneten sehen. So gut wie jedes Jahr stellte er sich vor, seiner Familie bliebe nichts anderes übrig, als im weiten subglazialen Ozean zu schweben, weil es ihr gutes Recht war, so zu sein, wie sie waren, während es vielleicht nichts gab, keinen Gott, keinen Sinn, der rechtfertigen könnte, dass das Gute bedeutet, sich so oder so zu verhalten, ja nicht einmal, dass es überhaupt irgendein Gutes gäbe oder dass es sinnvoll wäre, ums Weiterleben zu kämpfen.

Sie wachten eine letzte Nacht bei ihm. Dann wurde es Morgen. Ihre strengen und traurigen Mienen, ihre angestrengten Bemühungen, die Verzweiflung in den Griff zu bekommen, bereiteten ihm eine gewisse Qual, die sich am Ende in Gleichgültigkeit verkehrte. Denn er wusste, was sich dahinter verbarg. Es war Stolz, es war als Abscheu getarnter Neid, es war das Vergnügen, das darin lag, mit einem dekadenten, allumfassenden Überfluss Leben vorzutäuschen. Es war der große Reichtum, der unermessliche, erschreckende, abgeschmackte Reichtum, der trotz heftiger Exzesse, trotz aberwitziger Ausgaben, ein Widerstand war, keine abenteuerlustige und fröhliche Kraft, sondern allumfassende Übersättigung, Langweile und Seelenleere. Es war die zähe Melancholie endlos wiederholter Feste, mit denen weiter eine Welt gefeiert werden sollte, die es längst nicht mehr gab, jene Welt, die sie geprägt hatte und in der sie aufgewachsen waren, in diesem neugotischen Olymp aus billigem Tand, und die ihnen schließlich die Knochen gebrochen und sie alle miteinander in den Abgrund entsetzlicher Widersprüche und böser Gedanken geworfen hatte, wo sie seither vor sich hin moderten und immer mehr verrotten würden, auch nach seinem Verschwinden, weil dieses Geld, diese Geldströme, diese Geldrollen, die ihnen am Ende weder Liebe kaufen konnten noch ihn hatten heilen können und die sie am Ende alle verrückt gemacht hatten, sie zur Außergewöhnlichkeit und zu der Enge mittelmäßiger Heuchelei verdammt hatte, zur Arroganz und zu Lügen, die keinerlei Größe hatten, das heißt zur Hölle.

Er dachte an den Taumel, der sie ergriffen hatte, als der Lauf der Welt plötzlich eine Beschleunigung erfuhr, an das Grauen des Krieges, an Algerien, ihr Algerien, das Drama des Exils, der Flucht und Panik, als Folge einer Unabhängigkeit, für die er selbst allerdings insgeheim gekämpft hatte, all die Dinge, denen sie gleichermaßen ihren Mut, ihr Ehrgefühl, ihre Ruhmsucht sowie die Verachtung derer, die sich für unsterblich halten, entgegengesetzt hatten. Vielleicht schämte er sich wegen ihnen, für sie, schämte sich, zu dieser Familie zu gehören. Vielleicht erinnerte er sich auch an die Lügen, die er erzählt hatte, aus Feigheit, aus dem Bedürfnis heraus, geliebt zu werden, aus Liebe zum Spiel, aus Liebe zu den Frauen, aus Liebe zu einer Frau, die alles andere in den Schatten gestellt hatte, sogar das Baccaraspiel, das Pokern und die Betrachtung der Sterne. Nun stürzte seine Gleichgültigkeit in sich zusammen, wurde er von Mitleid überwältigt.

Er hatte nicht darum gebeten, noch ein letztes Mal sein Kind sehen dürfen. Sie waren alle der Ansicht gewesen, für ein kleines Mädchen von fünfzehn Monaten sei das kein schöner Anblick. Ich wartete also seine Rückkehr nach Hause ab. Er machte mit dem Zeigefinger deutlich, dass er etwas schreiben wollte. Griff nach der Schreibtafel, die auf seinem Nachttisch lag. Sie rutschte zu Boden. Man hob sie wieder auf. Reichte sie ihm. Mit langsamer Hand schrieb er mit dem Filzstift: »Meine Frau, meine Tochter.« Er gab die Tafel seinem Bruder. Sie sahen einander an. Ihre Augen lächelten. Alle verstummten. Noch Jahre später sprachen alle davon, wie schrecklich sanft sein letztes Lächeln in jenem Augenblick gewesen war. Er schloss die Augen.

Plötzlich knallte die Tür meines Zimmers zu. Das Kindermädchen sollte später mit tonloser Stimme erzählen, sie habe sich umgesehen, aber außer mir, die ich zwischen meinen Bauklötzen saß, sei niemand in diesem Zimmer gewesen, dessen Tür sich ganz von allein weit geöffnet habe und dann zugeschlagen sei, mit einer unglaublichen, übernatürlichen Kraft, obwohl im Gang noch ein Fenster offen stand und obwohl an jenem Tag eine herrliche Sonne schien, wahrscheinlich war es der Wind.

Im gleichen Augenblick wurden in Zimmer Nr. 16 des Krankenhauses die Hände, die Füße und die Zehen des Patienten steif. Die Nägel nahmen eine elfenbeinerne Färbung an. Schläfen und Wangen wurden hohl, als zerknitterten sie. Seine Augen wurden riesengroß, spiegelten den Todeskampf, traten aus den Höhlen.

Später sagte man mir, er sei gestorben, ohne zu leiden. Man sagte mir, er habe sterben wollen. Man sagte mir, er sei glücklich gewesen. Als ich die Kraft fand, um genaue Schilderungen zu bitten, sagte man mir schließlich, es habe sich in etwa so zugetragen: Er rang um Atem. Bekam keine Luft. Erstickte langsam. Machte ein schreckliches Geräusch dabei.

Meine Mutter, deren gesamte Abwehr zusammenbrach, brüllte los. Man brachte sie hinaus. Seine eigene Mutter war nur mehr eine Tränenpfütze. Sie drückte seine Hand zwischen ihren Handflächen und brabbelte ein paar nichtssagende Worte vor sich hin, wie ein kleines verängstigtes Mädchen. Gegen Mittag versagte sein Herz. Er war gerade vierunddreißig Jahre alt geworden. Er starb in den Armen seines Vaters, der drei Jahre später vor Kummer ebenfalls starb. Sie hatten alle die Hoffnung in sich getragen, es möge alles nur ein böser Traum sein, doch in Wahrheit ist das alles kein Traum, das alles ist für alle Welt gleich, das alles ist nichts Besonderes, das alles ist nur das Leben und am Ende der Tod. Man schloss ihm erst die Augen, dann den Mund. Man entkleidete ihn. Wusch ihn. Dann wurde die Leiche in sein Haus gebracht. Man deckte ihn zu und verhängte sämtliche Spiegel und sämtliche Porträts mit einem weißen Leintuch. Man hielt mich vom Totenzimmer fern.

Auf Höhe des Herzens wurde ein Loch in mein Nachthemd gerissen.

Doch niemand sagte mir, dass mein Vater gestorben war.

Man schickte mich in die Normandie. Am nächsten Tag wurde er beerdigt.

Seine Mutter hatte nicht die Kraft, auf den Friedhof zu gehen. Sie legte sich für Monate ins Bett. Als man die Gruft öffnete, um den Sarg meines Vaters hinabzulassen, wollte meine Mutter sich hineinwerfen. Sie waren am Boden zerstört. Ihnen allen blieb von ihm nur der geteilte Schmerz, ihn verloren zu haben.

Doch für mich hatte sich nichts geändert. Er war immer noch da, er war verschwunden.

ERSTER TEIL

1 Alles liegt im Schlummer. Die Lampe, das Bett, das Zimmer und die Straßen sind noch schwarz von der Freude, wieder hier zu sein, allein, in dieser abweisenden Stadt, in der ich einst das düsterste Jahr meiner Kindheit erlebte. Als der Tag naht, dreht der Wind. Der See erzittert. Schon bald wird er sich mit Segelbooten, Motorbooten und Anglerbarken füllen. Es ist der 4. Mai 2019. Einige Stunden später sitze ich vor einem Bücherstapel unter der gewaltigen Sonne aus Pappkarton, die an der Decke des Palais des Expositions von Genf angebracht ist, als eine hochgewachsene und elegante Frau mit weißen Haaren und königsblauen Augen sich einen Weg durch die Menge bahnt, direkt vor mir stehen bleibt und geradeheraus zu mir sagt: Ich weiß, wer Sie sind, ich kenne Sie nicht. Ich bin über einen Artikel gestolpert, in einer Zeitung, hab Ihren Namen gelesen, zunächst war ich mir unsicher, dann habe ich mich in mein Auto gesetzt und bin hergefahren, um mir Ihren Vortrag anzuhören, und jetzt, da ich sie sehe, kann es gar keinen Zweifel mehr geben. Mein Name wird Ihnen nichts sagen, aber ich habe Ihre Großeltern gut gekannt, Ihren Vater und Ihren Onkel. Damals in Algier.

Mir bleibt das Herz stehen. Als wäre die Sonne aus Pappkarton heruntergefallen und läge nun kaputt zu meinen Füßen. Das ist doch einfach unmöglich. Man will mich hereinlegen. Gleich wird jemand – doch wer? – von irgendwoher auftauchen – doch von wo? – und mir gestehen, dass das nur ein Scherz ist. Ein sehr schlechter Scherz. Ich schlage die Augen nieder, suche eine Fluchtmöglichkeit, plötzlich von dem Verlangen gepackt, mich mit aller Kraft in einen Erdbau einzugraben. Ich muss etwas sagen. Es wäre nur höflich, nur schicklich, etwas zu sagen. Aber ich empfinde nichts. Alles Verletzende, alles Quälende, brennt jetzt in der Ferne, in einem großen ruhigen Flammenmeer. Wir schweigen einander an, bevor die unfassbaren Worte dieser Frau erneut auf mich niedergehen: Meine Eltern haben dort gearbeitet, in der Klinik Ihrer Großeltern. Ich war noch ein blutjunges Mädchen, aber Ihre Großmutter hatte es sich, warum ist mir schleierhaft, in den Kopf gesetzt, ich könnte vielleicht Ihrem Herrn Vater gefallen, was, wie ich glaube, keineswegs so war, und dann überschlugen sich die Ereignisse, wie man so sagt, und wir sind alle geflohen, aber als ich Sie heute sah, erkannte ich ihn wieder, denn Sie haben sein Lächeln geerbt.

Meine Hände, die ich in den Taschen versteckt halte, verkrampfen sich.

Nein. Ich will nichts davon hören, dass ich sein Lächeln geerbt habe, gerade weil mir, als ich noch ein Kind war, jeder sagte: Da schau her, du lächelst genau wie dein Vater.

Nein, ich will nicht, dass man sowas zu mir sagt, hier

in Genf, in der Stadt, die ich seit meiner Kindheit nicht wieder besucht habe, bis man mich einlud, hier einen Vortrag zu halten, genau in der Stadt, in der ich im Alter von sieben Jahren, als ich begriff, dass mein Vater nie aufhören würde, tot zu sein, in den See sprang, um zu ihm zu gelangen.

Nein. Ich will mir die Erinnerungen dieser Dame nicht anhören, und wenn sie noch so nett und freundlich wirkt.

Nein. Ich will nicht mehr an meine Großeltern väterlicherseits oder meinen Onkel denken, die ich so geliebt und so gehasst habe und die ich so enttäuscht habe und die mich so enttäuscht haben, an all die schrecklichen Dinge, die eine Beleidigung für den Tod meines Vaters waren, und an all die Fotoaufnahmen, die noch vor seinem Tod gemacht wurden, auf denen wir glücklich aussehen, herzlich und freundlich miteinander, und doch alle jenen Tieren mit Augen aus Opal und Harz ähneln, wie man sie vom Tierpräparator kennt, denen man die Haut abgezogen, die man gegerbt und poliert hat, um damit dann ein Holzskelett zu überziehen, das nahezu vollkommen die Form des lebenden Tiers nachahmt.

Nein.

Ich sehe wieder eine junge Frau vor mir, mehr eine Jugendliche, noch keine Erwachsene, die in einem Hotelzimmer starb. Es ziehen der Schatten eines Schlosses vorbei, eine Großmutter mit daunenweichen Wangen, die unter einem Kirschbaum sitzt, ein schwermütiger und stolzer Großvater, zwei Brüder, die einander liebten und hassten, und eine leidenschaftliche Liebe, eine kranke Liebe, jenseits der Worte, die Liebe, die mein Vater für meine Mutter empfand.

Ich mustere die Frau, die vor mir steht, ihre erschreckend schönen Augen, die meinen Vater als kleinen Jungen gesehen haben, ihre langen, müden Hände, die misstrauischen Gestalten, die uns umkreisen, die unsere Vertrautheit wittern, dann wieder die Frau, ihre Hände, ihre Augen. Ich stehe auf und schließe sie lange in die Arme.

Ich gehe wieder auf mein Zimmer, schweißnass, kalt bis auf die Knochen. Genf ist verschwunden. Am Fuß der Gipfel ist alles großräumig und eben geworden; alles wird weit, öd und leer. Ich ziehe die Vorhänge zu. Ich lege mich vollständig angekleidet unter die unförmige Daunendecke, nicht einmal die Stiefel ziehe ich aus. Das Telefon klingelt. Klingelt immer weiter. Ich gehe nicht ran. Denke fast nichts. Es ist schon zu viel. Ich schlafe nicht. Ich esse nicht. Bleibe eingesperrt auf meinem Zimmer liegen, alle Lichter gelöscht. Mein Kopfkissen ist mit weißen Kügelchen vollgeweinter, gezwirbelter Taschentücher bestirnt. So vergehen zwei Tage. Ich verlasse mein Zimmer. Laufe zum Bahnhof, meinen Koffer durch die kalten Straßen hinter mir herziehend.

Die Geschichte der Familie meiner Mutter habe ich bereits an anderer Stelle erzählt. Doch das Herzstück dessen, was mich geprägt hat, habe ich ausgelassen. Seit meiner Kindheit antworte ich auf diese stumme Tafel, diese Schreibtafel, die mein Vater auf seinem Totenbett hochhielt, auf diese allerletzte Schreibgeste. Ich antworte darauf mit Schreiben. Anfangs fehlen die Worte. Es geht sehr langsam. Unaufhörlich droht alles zerstört zu werden, zermalmt von den Gedanken, die mich bestürmen und mich dazu verdammen, nur in Bruchstücken zu schreiben, nur in Fragmenten zu denken. Alles gefriert. Alles will in die eisige Reglosigkeit zurück, in der ich dieser herrenlose Hund bin, der seit Ewigkeiten am selben Knochen nagt.

Ich habe die Menschen, die ich liebte, schon vor langer Zeit verloren. Von der damaligen Welt ist nichts mehr übrig; alles hat sich aufgelöst. Ich habe nie recht verstanden, warum ich etwas überlebt habe, wovon man gewöhnlich nicht wiederkehrt. Es gibt Totalverluste, die uns keineswegs hindern, Liebe und Freude zu erleben, sondern sie nur umso leidenschaftlicher werden lassen, von denen man sich aber nie wieder erholt, und das auch gar nicht möchte. Das Entzücken und der Schmerz über die wilde Schönheit des Lebens haben mich der Nacht anheimgegeben, wo der einzige Reichtum, der wirklich zählt, aus dem tiefsten Innern der Wesen kommt. Der Rest, der ganze Rest, Stolz, Besitz, Rachegelüste, Eifersucht, Neid und Streit, kehren wieder in die stille Sandwüste zurück, aus der unsere Eitelkeit sie einst hervorgeholt hat. Aber wenn ich daran denke, welche Monster wir damals waren, wie bestimmte Ereignisse auf morbide Weise ineinandergriffen und welche Verantwortung ich selbst an dieser Tragödie hatte, dann kehren diese verlorenen Leben wieder zurück und verfolgen mich. Bis zu jener unbegreiflichen, verblüffenden Begegnung mit dieser Frau tat ich lieber so, als hätte ich vergessen, dass ich einst vor einem Grab das Versprechen abgelegt hatte, diese Geschichte vom Untergang einer Welt aufzuschreiben, vom unheilbaren Abgrund unserer Reue und von einer seelischen Erkrankung, meiner Erkrankung, die erst ein Fluch und dann eine Chance war. Aber ich weiß, warum ich sie heute Abend unbedingt noch schnell erzählen muss.

Die Toten wurden nicht verschlungen, nicht vom Wasser und auch nicht von der Erde. Sie wandeln weiterhin unter den Lebenden. Wenn sich unsere Erinnerungen mit unseren Liebsten in der Ferne verlieren, in Schlafzimmern und Schulen, auf Geburtstagsfeiern, auf Feldern, Bergpfaden oder Strandwegen, auf denen wir nicht einmal mehr in unseren Träumen wandern, bleiben noch die Erzählungen der anderen. Und dann lösen sich diese anderen eines Tages selbst in Luft auf. Die letzte Person, die uns von der Person erzählen könnte, die wir verloren haben, stirbt ebenfalls; und in dieser fatalen Zäsur wird die Zeit, wie man sagt, unumkehrbar. Selbst der Traum wird diesen Fluss nicht wieder hinauffahren können. Dann bleiben nur Kleider oder Hemden übrig, sofern man sie nicht gleich zu Beginn weggeworfen hat, wieder und wieder gelesene Bücher, Schallplatten, Spielzeug, Haarbürsten, Briefe, Familienfotos und Super-8-Filme in schwarzen Zelluloidschachteln, und die Menschen, die darauf zu sehen sind, die lauthals lachend vor Ruinen, Museen, Pyramiden posieren, die glückstrahlend Eis essen, die das Kind, das wir waren, im Arm halten, die mit einem Hund spielen, Sandburgen bauen oder Geburtstagskerzen ausblasen, sind allesamt tot. Wenn dieser Tag gekommen ist, müssen wir eine Wahl treffen, die Wahl, entweder ebenfalls zu sterben oder weiterzuleben. Ich habe diese Wahl nicht getroffen. Ich will nichts von ihr wissen. Ich gehöre nichts und niemandem. Ich lebe mit dir in der Glut. Im Tod der Sonnen sehe ich nur dein Gesicht; ich möchte nicht, dass sich daran etwas ändert.

Es wird schon dunkel, was bleibt, ist meine Freude. Der Zug fährt los. Die Stunden verschlucken den Eisberg, die verschneiten Gipfel, die Täler, die Ebenen, die Felder, grün und golden im Wechsel. Die Fensterscheibe beschlägt, ein Fleck, der immer größer und größer wird und in den ich unversehens eintauche.

2 ALGIER, 1950

Ein weißer, formloser Fleck, der Gestalt annimmt, als die Stadt bei Einfahrt in den Hafen aus dem Meer auftaucht. Flache Hügel, es riecht nach Jasmin, Anis, Müll, faulendem Obst, Häuser kriechen die Hügel hinauf, ihr nahezu vollkommenes Weiß gibt nur hin und wieder die Sicht auf das Grau eines Platzes oder das dunkle Grün eines Gartens frei. Sich morgens aus den beiden Eisenbetten stemmen, die einander gegenüberstehen, sich in Indianer und Cowboy verwandeln, in Kapitäne eines Dreimasters oder in Forschungsreisende, zu zweit Dutzende Papierflieger basteln, dicke bunte Murmeln übers Parkett rollen lassen, auf dem Rücksitz eines Autos durch Weinberge fahren, durch Orangenhaine, Gerstenfelder, grüne oder gelbe Weizenfelder, rote, in Palmenhaine gekauerte Dörfer, über Pisten und Pfade, von Eseln, Ziegen und Schafen ausgetreten, hin zu rissigen Salzkrustenflächen. Durch Dünen laufen, die mit Meereslilien oder silbrig blauen, in die Zehen stechenden Disteln bedeckt sind, die Bermudas hochgerollt bis zum Knie. Sich bis zum Hals eingraben. Die durchsichtigen Krabben jagen, die sich im Seetang verstecken. Schlösser mit Türmen und Wassergräben bauen, geschmückt mit angespültem Seegras und Strandsilberkraut. Auf dem Heimweg hocken wir auf dem Rücksitz, während unsere sandigen Zehen die Waden kratzen, reden Quatsch und zappeln rum, und dann, Gesichter und Händchen dicht an die Scheibe gepresst, verstummen wir, sobald die Arkaden von Bab El Oued auftauchen – die Läden, die Cafés, in denen wir, das schwören wir uns jetzt schon hochheilig, rauchen werden, sobald wir groß sind. Zu Hause angekommen, klettern wir sofort auf den gedrungenen, unförmigen Kautschukbaum, den wir bis zum Abendessen nicht mehr verlassen und auf dem nichts weiter geschieht, als dass wir die Spuren beobachten, die sein bleicher und klebriger Saft auf unseren Fingern hinterlässt, das Adergeflecht der wollüstig um seine Äste gewickelten Lianen und den Wind, der in der Ferne um den Rock einer Mutter fegt, die ihren Kindern zuschreit: Wo seid ihr, Kinder, wo seid ihr?, während wir, mit erschauernden Schultern, die Hand vor dem Mund, die Augen vor der Sonne zugekniffen, losprusten wie aus einem Mund. Wenn es Nacht wird und alle im Bett sind, nach der Geschichte, geht das Gespräch in einer Geheimsprache weiter, die nur sie allein kennen, die sie aber eines Morgens nicht länger verwenden.

Der Altersunterschied beträgt ein Jahr. Man lässt sie aber aufwachsen wie Zwillinge, indem man ihnen die gleichen Sachen anzieht. Mit den Jahren beginnt es der Beziehung, die man sich für sie wünscht, zu schaden, dass man sie in einem Zimmer lässt, obwohl jeder sein eigenes haben könnte, als wollte man dem einen zeigen, dass der andere immer da sein wird. Der eine schläft ein, sobald es an der Zeit ist, zu Bett zu gehen, satt von den Freuden des Tages und den Zärtlichkeiten der Mutter, deren Liebling er ist – vielleicht weil er der Ältere ist, vielleicht weil sie ihn bei der Geburt fast verloren hätte oder weil er ihr am meisten ähnelt, die gleichen blauen Augen, das gleiche rote und gelockte Haar. Der andere liegt wach, lässt die Stille verrinnen, fürchtet sich vor dem Schlaf und seinen Monstern. Vielleicht hat es so angefangen. Mit dem Schmerz darüber, nur die farblosere, weniger rothaarige Kopie des anderen zu sein – dem alles gelang. Plötzlich steht er auf, schwankt, geht tastend vorwärts. Im Dunkeln ist der Bruder nur noch eine Abstraktion. Die Parkettdielen knarzen. Die auf dem Stuhl abgelegten Bermudas und Hemden sind ein Pirat mit Augenklappe. Er glaubt zu sterben vor Angst, geht zum Fenster. Stellt sich auf die Zehenspitzen. Schiebt den Vorhang beiseite. Zunächst sieht er nichts. Die Palmen, das Gewächshaus, die Blumenbeete und die Mauer, die das Haus umgibt, sind schwarz gesprenkelt. Dann gewöhnen sich seine Augen an die Dunkelheit. Die Welt wird eisengrau. Nach einer Weile hebt er den Kopf. Plötzlich, mit weit offen stehendem Mund, versenkt er den Blick jäh in die Tiefe des sternenübersäten Himmels. Er sieht die Hoffnung und die Wehmut eins ins andere verschmolzen, streckt die Hand nach dem Mond aus, getrieben von dem entfesselten Wunsch, ihn zu berühren, von dem Traum, sich mit den Wolken zu vereinen, um alles zu sehen und alles kennenzulernen. Er fragt sich, wo der Raum aufhört, was er selbst vor seiner Existenz war, was die Sterne und die Planeten vor Millionen von Jahren waren, bevor auch sie dort hinkamen, und plötzlich begreift er in seinem kleinen Stückchen Welt, das er für den Mittelpunkt von allem hielt, dass nichts von Dauer ist, weder seine Eltern noch sein Bruder, nicht einmal er selbst. Im Haus schlafen alle. Sie werden ihn nicht weinen sehen. Seine Kindheit geht lautlos zugrunde. Er fühlt sich zutiefst allein, zutiefst glücklich. Er durchsucht seine Pyjamatasche und zieht eine Goldmünze hervor: einen Napoléon d'or. Sein Vater hatte ihn vor kurzem im Arbeitszimmer beiseitegenommen, um ihm diesen Schatz zuzustecken. Es ist ein seltsamer Ort an der Biegung des Flurs, an dem über allem ein warmer Geruch von Leder und Tabak liegt, vollgestopft mit alten medizinischen Enzyklopädien (die er tatsächlich heimlich lesen sollte), Orientteppichen und prallen Sesseln, wo es nie ganz Tag wurde. Du hast den Preis für Kameradschaft erhalten, sagte er zu ihm. Freundlichkeit und Güte sind die größten Werte, denn es sind auch die seltensten. Du verdienst eine Belohnung. Da, nimm.

Plötzlich zuckt er zusammen. Sein großer Bruder ist da und sagt ihm, er solle ins Bett gehen. Er weigert sich. Aber der andere lässt nicht locker: Geh schlafen. Dann, als er sich immer noch nicht rührt, hagelt es Worte: Gib mir das Goldstück, sonst geh ich sofort zu Mama und sag ihr, dass du nicht im Bett bist und dass du aufs Fensterbrett gestiegen bist.

Später würde er nicht mehr erklären können, was er in jenem Moment gedacht hatte. Er betrachtet die auf der Kommode feinsäuberlich aufgereihte Sammlung kleiner Blechautos, so fein bemalt, die der Vater ihnen aus Paris mitgebracht hatte. Er nimmt eins davon. Der erste Schlag lässt die Augenbraue seines Bruders aufplatzen. Der zweite, noch kräftigere, wirft ihn zu Boden. Er bearbeitet vor allem das Gesicht, die lachenden Lippen schwellen unter den Schlägen, bevor sie platzen wie Granatäpfel. Das kleine kaputte Auto fliegt übers Parkett. Er liegt am Boden. Ein Blutfaden läuft ihm aus der Nase, die kleinen weißen Zähne bedecken sich mit scharlachroten Bläschen. Ein Schmerz- und Hassgebrüll steigt noch von seiner Kehle auf.

3 Als das Expeditionskorps am 9. Juli 1830 Algier
betrat, so hieß es, wurden die Soldaten angesichts
der schlechten hygienischen Bedingungen in dieser bereits von Pest, Cholera und Typhus dezimierten Stadt vom
Grauen gepackt. Die Straßen waren übersät mit Unrat. Es
wimmelte nur so von Ratten und Kakerlaken. Die Ruhr,
aber auch die Syphilis und die von Reisenden einge-
schleppten Blattern waren endemisch geworden, hatten
die Körper der Elenden befallen, die Knochen und die
Haut der Kinder zerfressen. Wie früher auf dem französischen Land aßen die Menschen alle aus ein und demselben Napf, zogen ihre Kleider erst aus, wenn sie ihnen
in Fetzen vom Leib fielen, und legten sie nicht einmal zum
Schlafen ab. Es hieß, dass die uralten Hospitäler, die einst
vom Trinitarierorden und den Lazaristen des Hl. Vincent
de Paul gegründet wurden, verschwunden waren. Dass es
nur noch in einigen Moscheen Sterbezimmer gab, in
denen die Waisen, die Witwen, die Bettler und die Irren
auf dem Boden ihr Leben aushauchten. Es hieß, dass in
der Woche nach ihrer Ankunft in Algier fast zehntausend
Menschen hospitalisiert werden mussten und dass es, als
die Truppen die Sümpfe der Mitidja-Ebene und die von
den Türken verwüstete Stadt Bône durchquerten, zum

Massensterben kam. Das Sumpffieber ließ die Männer wie die Fliegen verrecken. Es hieß, es habe so viele Tote gegeben, dass man in Paris schon überlegte, alles abzublasen, aber im letzten Moment wieder davon Abstand nahm, denn man dachte, dass der wahre Feind in Afrika die Krankheit war, das wahre Schlachtfeld das Krankenhaus, und dann sagten sie, sagten es immer wieder, würden es hundertfünfzig Jahre später immer noch sagen, dass man anständigerweise diese armen Algerier auf ihrem armen Land nicht alle so schlecht versorgt in einem solchen Elend lassen könnte, und daher wurden auf Befehl von Charles X., als noch immer die vom Fieber geschwächten Soldaten wie Skelette durch den Sumpf zogen, in Hafennähe Lazarette errichtet, wo man die Passagiere und Schiffsladungen unter Quarantäne stellte, und überall, in jeder halbwegs wichtigen Stadt, richtete die Julimonarchie auf Kosten Frankreichs von der Armee verwaltete Gesundheitsläden ein, um notfalls auch mit Gewalt für Desinfektion und Reinigung zu sorgen.

Es hieß, Arzt sei ein sehr schöner Beruf, es gäbe keinen schöneren auf der Welt, und Ärzte hätten dieses Land gerettet, ohne Mühen und Plagen zu scheuen. Um sich selbst noch mehr zu überzeugen, erzählten sie immer wieder die Geschichte von François Clément Maillot, der aufgrund seiner Erfahrungen mit dem Wechselfieber in Korsika plötzlich die Eingebung hatte, die Malaria sei auch an dem Fieber in Algerien schuld, und der gegen den Rat aller anderen die Verabreichung von Chininsulfat in hohen Dosen zu verschreiben begann, so dass binnen weniger Monate die Todesfallrate wie durch ein Wunder sank. Noch dazu erzählten sie, zwei Generationen später habe Alphonse Laveran, als er gerade unterm Mikroskop das Blut eines in der Kaserne von Bardo festgehaltenen Kavallcristcn untersuchte, bei den weißen Blutkörperchen dieses Soldaten sphärische Teilchen entdeckt, die von seltsamen beweglichen Elementen umgeben waren, und begriffen, dass weder Luft noch Wasser, sondern die Stechmücke der große Verursacher des Sumpffiebers war. Und alle sagten sich, berauscht von dem Gefühl, sich der Sorge um den Körper angenommen zu haben, so wie andere, als sie diese Länder für Frankreich in Besitz nahmen, für die Seelsorge zuständig wurden, die Medizin habe ihren Teil geleistet, indem sie sich dafür einsetzte, im Kampf gegen die Stechmücken die Sümpfe trockenzulegen und die Mitidja-Ebene in Ackerbauland umzuwandeln, denn Ackerbau bedeutet Entwässerung, Bewässerung und damit Sanierung, und daher wurden die fruchtbarsten Landflächen der Algerier konfisziert und die Bauern vertrieben, um dieses erniedrigte Volk seiner Finsternis zu entreißen, denn, so setzten sie hinzu, dank der Kolonialärzte bot man nun der gesamten Bevölkerung Behandlungsmöglichkeiten an, von denen sie sich in früheren Zeiten nicht einmal hätten träumen lassen, von Algier bis hin zum einfachsten Dorf, und so konnten immer mehr muslimische Kinder in ihren ersten Lebensjahren ohne Angst vor dem Tod aufwachsen, und Algerien, dieser stinkende und von Übeln befallene Kadaver, den man verzweifelt wieder zum Leben erwecken wollte, verwandelte sich in ein Paradies.

Schließlich erzählte man mir, dass von all diesen Ärzten, Arztsöhnen, Arztfrauen und Arzttöchtern eine Familie, die nicht zu den französischen Kolonisten zählte, sondern schon seit der Vertreibung aus Spanien im 15. Jahrhundert in diesem Land lebte, in Algerien und später dann in Frankreich so berühmt wurde, dass es in vielen Hospitälern heute noch stets irgendeinen alten Professor gibt, der bei der Erwähnung ihres Namens einen wehmütigen Seufzer ausstößt. Man erzählte sich, ohne das gewaltige Erbe meiner Großmutter Louise, deren Vater erschöpft aus dem Arbeitslager im Süden Algeriens heimgekehrt war, in das Vichy ihn hatte deportieren lassen, weil er Jude war, hätte mein Großvater Joseph 1947 niemals einer alten Dame diese zwischen Palmen und Zypressen versteckte Klinik abkaufen können. Es ging das Gerücht, diese Erbschaft, die Louise in die Hände gefallen war, sei wirklich immens, gigantisch, monströs gewesen, es habe eine Kolonnadenvilla gegeben, Gutshöfe, Tausende Hektar Weizenfelder, Weinberge, Orangenhaine, große Ziegenherden, Schafherden und sogar Pferde, arabische Vollblüter. Man wusste nicht so recht, wie Louises Vater zu Reichtum gekommen war, woher dieses Teufelsgeld stammte, vielleicht von seinen großen Ziegelfabriken und seiner starken Beteiligung beim Bau von Kasernen, Häusern, Plätzen, Verwaltungsgebäuden, Schulen des kolonialen Bausektors, man wusste im Grunde nichts Genaues, als hätten diese gewaltigen Geldsummen die Macht erlangt, ihre Herkunft zu verschleiern. Einige behaupteten, die Heirat von Joseph und Louise sei arrangiert gewesen, wie damals so oft in dieser noch traditionellen jüdischen Welt. Andere sagten, an einem Abend in Sommer 1939, an dem er Bereitschaftsdienst hatte, sei Joseph in eine legendäre Luxusvilla oben auf dem Hügel von Algier gerufen worden, an das Bett eines dicken Mannes mit geschwollenen Augen und dunklen Tränensäcken, man habe absichtlich ihn und nicht den Arzt aus dem Viertel gerufen, vielleicht weil es sich um eine dieser peinlichen Krankheiten handelte, von denen weder die Nachbarn noch die Freunde etwas wissen durften. Vielleicht wusste man, dass er ein so guter Arzt war, von allen verehrt und so gelehrt, dass man nur ihn und keinen anderen holen durfte. Tatsächlich rettete er ihm das Leben, woraufhin der Besitzer ihm die älteste Tochter zur Frau gab. Sie behaupteten, Louise habe Joseph mit Kraft und Stolz geliebt, so wie man jemanden liebt, von dem man von vornherein weiß, dass er der Einzige sein wird, dass Joseph aber Louise nur mit ihrem Geld liebte, denn ohne das ganze Geld wäre Louise nicht Louise gewesen, und dass er seine Zeit damit zubrachte, sie mit Frauen zu betrügen, die keines hatten, doch nachdem er ganze Nächte verschwand, kehrte er immer wieder zu ihr zurück, sie empfing ihn mit einem ironischen Lächeln, und er stieg ins Ehebett, sie stritten sich und sie versöhnten sich brav, sie machte die Beine breit und alles begann von vorn, unter der Pracht von Rosen und Jasmin, mit ihren beiden Kindern, und nichts änderte sich, und alles blieb immerdar gleich in ihrer schönen Klinik, in der diese Großbürger, blind für alles, was nichts mit Körpern und Schmerzen zu tun hatte, mit absoluter Hingabe Patienten aller religiösen Überzeugungen und aus allen sozialen Schichten behandelten.

In der Zeitung hieß es, dass all diese Ärzte aus Algerien, diese Professoren, die so viele Schüler geprägt, so vielen Kindern auf die Welt geholfen, so viele Sterbende begleitet hatten, nach dem Exil auf Stellen in der Provinz versetzt wurden, dass Paris ihnen systematisch verwehrt blieb: Man dürfe doch nicht, so lautete in eigenwilliger Rhetorik die Erklärung eines Ministers, »eine Katastrophe mittels einer Beförderung sanktionieren«. Weiter schrieb man, damals habe ein gewisser Joseph C. sich geweigert, sich von Menschen, welche die Pieds-noirs am liebsten übers Meer schicken würden, vorschreiben zu lassen, wie er sich zu verhalten habe, und gegenüber von einem Zoo ein altes Gebäude gekauft, das niemand mehr haben wollte, mit dem Gedanken, es zur exakten Kopie seiner Klinik in Algier, seiner verlorenen Klinik, umbauen zu lassen. Man sagte, er habe mit großem Geschick das Vertrauen der chirurgischen Koryphäen gewonnen; nun musste er sich in Frankreich nur noch das Vertrauen der Kreditanstalten sichern, denn er war mittlerweile ruiniert. Eine sehr berühmte Bankiersfamilie hatte ihm dabei geholfen. Doch um sein Vorhaben zu verwirklichen, musste er noch dafür sorgen, dass ihm sämtliche Ärzte, die Paris nicht haben wollte, erfolgreich ins Netz gingen. Ein Parameter hatte sich damals zu seinen Gunsten ausgewirkt. In den 1960er-Jahren waren die öffentlichen Krankenhäuser nicht länger in der Lage, alle jungen Mediziner, die eine Krankenhauskarriere anstrebten, aufzunehmen. Dennoch hatten genau diese Krankenhäuser, sofern der Nepotismus und die Arroganz der Professoren nicht den Juden oder gar den Protestanten den Weg versperrten, alle Mühe, den immer größer werdenden Bedarf an Betten zu stillen oder sich zu modernisieren. In hässlichen und düsteren Gemeinschaftssälen stapelte man Dutzende von Kranken, und immer mehr Mediziner, ob nun stationär oder nicht, hatten, sofern sie nur ein wenig geistig offen waren, angefangen, mit den Privatkliniken und ihren komfortablen Gehältern zu liebäugeln, zumal mehrere Regierungsmitglieder regelmäßig die bewundernswerten Bemühungen der privaten Krankenhausversorgung lobten. In dem Augenblick trat Joseph auf den Plan.

Jahre nach dem Tod meines Großvaters erzählte sie mir begeistert, er habe gedacht, man müsse den Empfang für Patienten und Familien revolutionär umgestalten, er sei der unerschütterlichen Überzeugung gewesen, dass die Krankheit den Kranken und ihren Familienangehörigen, die zu Besuch kamen, Angst machte und dass man ihnen deshalb schöne, individuell gestaltete Zimmer bereitstellen und ihnen hochwertige Mahlzeiten anbieten müsse, die den Kranken das Gefühl gaben, nicht länger krank zu sein, sondern in einem wundervollen Sternehotel Urlaub zu machen. Sie sagte, anfangs habe man meinem Großvater ins Gesicht gelacht und zu ihm gesagt: Aber ist das nicht völlig übertrieben, einen Patienten, der ein Stückchen Darm rausgeschnitten bekommt oder dem man die Hüfte wieder glatt hobelt, wie einen Kurgast zu empfangen? Doch als man gesehen hatte, welche Gewinne die Klinik in den ersten beiden Jahren einfuhr, waren die bösen Zungen verstummt. Jetzt wollten immer mehr Menschen mit Joseph C. zusammenarbeiten. Sie erklärte mir mit dieser heiteren und brutalen Traurigkeit, viel zu geizig mit Momenten der Stille, viel zu verschwenderisch mit weitschweifigen Schilderungen, die Honorare der Ärzte hätten schon bald dafür gesorgt, dass sie alles taten, um ihre Patienten in unsere Klinik zu locken, indem sie ihnen dort eine bessere Behandlung verhießen, was natürlich auch stimmte, setzte sie hinzu, denn wir waren die Besten. Die Patienten folgten dem Rat. Mund-zu-Mund-Propaganda erledigte den Rest. Das in Algerien verlorene Geld floss wieder herein. Binnen weniger als fünf Jahren entwickelte sich die Klinik zu einer der modernsten und am meisten prosperierenden Kliniken Frankreichs – sie sagte »unsere Klinik« und »unser Schloss« – denn, wiederholte sie noch einmal, wir waren immer noch die Besten, wir würden immer die Besten sein, und ich auch, ich sollte Medizin studieren, ich müsste einfach Medizin studieren, es käme gar nicht in Frage, dass ich nicht Medizin studieren würde. Auf diese Weise würden weder unser Name noch unser Ruhm jemals vergehen.

Ich war entsetzt. Etwas war faul in unserem Staate. Das spürte ich dunkel. Ich war neun Jahre alt. Und hatte viele andere, deutlich kleinere, einsamere, wildere Träume, gegen die es auch kein Heilmittel gab. Kinder wissen alles, aber sie begreifen nichts. Ihr Egoismus und ihr Schweigen schützen sie – und machen sie manchmal, wider Willen, zu Ungeheuern.

Mein Leben als Kind nahm so viel Zeit in Anspruch, dass ich keine Ahnung hatte, was sich hinter dieser Einstellung, sich für Götter zu halten, die mit der gewöhnlichen Welt nichts zu schaffen haben, verbarg. Ich spürte nur deren Obszönität. Damals benannte meine Mutter für mich die Welt: Ich glaubte, meine Großmutter verlasse nur selten ihr Bett – und wenn, dann nur, um mir leckere kleine Gerichte zu kochen, an den Rosen zu riechen oder im Schatten eines Baumes zu stricken –, weil sie zu dick war und niemanden liebte.

Das was damals. Inzwischen wurde das Schloss von einem Sturm verwüstet und anschließend verkauft. Meine Großmutter starb. Und erst jetzt, beim Tod meiner Kindheit, bei der Zerstörung all dessen, was ich gewesen bin, bei der Stille, die stets nach großem Kummer und großer Freude herrscht, bei der Liebe, die sich aus sich selbst heraus verschenkt und die keine Angst mehr hat vor dem Verlassenwerden, bei der Annahme des Älterwerdens, das sich schon ankündigt, fallen mir die Worte ein, mit denen ich hätte sagen können, was ich hätte sagen sollen, fällt mir ein, wie ich hätte tun können, was ich hätte tun sollen, wäre ich nicht die gewesen, die ich damals war. Und ich schäme mich.

Wir beide, meine Großmutter und ich, lagen aneinandergekuschelt in dem kleinen blauen Bett in ihrem Schlafzimmer, das mit ausladenden vergoldeten Möbeln, mit Bildern und Nippes aus Bronze und Porzellan vollgestellt war. Ich betrachtete ihre Hand, eine runde, weiche und sanfte Hand mit kräftigem Handgelenk, der die Wärme des Feuers einen sonnigen Glanz verlieh. Es war Nacht. Wie so oft schliefen wir nicht. Von dort, wo ich lag, konnte ich auf der anderen Seite der Anrichte, auf der immer ein merkwürdiges Pillendöschen lag, das kleine blaue Bett meines verstorbenen Großvaters sehen, mit dem für alle Zeiten faltenfrei glatt gezogenen Laken, darüber ein Porträt meines Vaters als Kind, angefertigt von einem großen spanischen Maler. Über unseren Köpfen träumte mein Onkel, auch er als Kind vom gleichen spanischen Maler dargestellt, bereits davon, König zu sein. Die jungen Pappeln, die mein Vater zu meiner Geburt gepflanzt hatte, hörte ich im Park rauschen. Ich setzte mich im Bett auf und wandte den Blick zum Fenster. Plötzlich flackerten die Flammen. Meine Großmutter sah mir tief in die Augen. Sie erbleichte, als habe sie ein Gespenst gesehen, und begann zu schluchzen. Ich hätte traurig sein müssen. War es aber nicht. Jedes Mal, wenn sie von diesen Schluchzern gepackt wurde, wollte ich fliehen. Doch weil meine Großmutter herrlich nach Lavendel roch und mir sehr kalt war – schon damals eine innere Kälte, die mich nicht mehr losließ – und weil sie Bäume und Blumen liebte und weil ihr großer Busen das weichste aller Kopfkissen war, schlief ich ein weiteres Mal in ihren Armen ein, eingelullt von der Milch ihres Gemurmels, in Erwartung dessen, was mir schließlich meine Kindheit stehlen würde, auf dem Weg ins wahre Leben, ins geheime Leben, ins hohe Leben – oder ins Grab.

4 ALGIER, CLINIQUE DES GLYCINES, 1955

Im Operationssaal gehen die Lichter an. Der Krankenträger stürzt herbei. Jemand brüllt: *Ezreb, ezreb*, schnell, schnell. Der Körper einer jungen, bewusstlosen Frau wird hastig auf den Tisch geworfen. Man reißt ihr die Hemdbluse vom Leib. Schneidet kurzerhand das Stück heraus, das an der Wunde klebt. Ein Schmatzgeräusch entweicht ihrer Brust. Sie hustet Blut. An einem Arm wird ihr eine Infusion angelegt. Am anderen der Gurt eines Blutdruckmessgeräts. Es muss schnell gehen, sonst ist sie verloren. Was hat sie? Jemand hat ihr eine Kugel in den Oberkörper gejagt. Ein Mann kommt dazu, mit einem Blutbeutel in der Hand. Er sagt: Sie ist vielleicht 0 negativ, ich habe nur noch zwei Beutel hier, morgen müssen wir mehr holen. Der Chirurg kommt ebenfalls angerannt. Die Krankenschwester beeilt sich, ihm den Kittel im Rücken zuzubinden. Er streift sich die Handschuhe über. Latex schnalzt gegen seine Finger. Er schreit: Wir betäuben sie nicht, keine Zeit, wir legen direkt los. Durch eine Scheibe schauen zwei etwa zwölf Jahre alten Jungen zu. Sie tragen das gleiche blaue, kurzärmelige Hemd, die gleichen grauen Flanellshorts, die gleichen Mokassins und verfolgen mit dem Blick alles, was sich im Operationssaal abspielt. Ihr Vater hält sich ein wenig im Hintergrund. Er berührt den Anhänger »Fatimas Hand«, den er neben dem Davidstern um den Hals trägt, und ohne sich etwas von der Verzweiflung anmerken zu lassen, die langsam von ihm Besitz ergreift, fragt er: Was wird dann gemacht? Der Ältere der beiden Kinder, dessen rotgelocktes Haar ein rundes Gesicht mit stechend blauen Augen einrahmt, sagt stockend: Man legt eine Thoraxdrainage, in einigem Abstand von der Wunde. Währenddessen wird man die Kugel entfernen und versuchen, einen Bluterguss in den Thorax zu vermeiden. Der Vater legt dem Jüngeren die Hand auf den Kopf. Und du, Harry, was hältst du von dem, was Armand gerade gesagt hat? Der jüngere Bruder, schwarzes Haar, dunkelgrüne Augen, antwortet nichts. Er ist bleich. Er kann den Blick nicht von dem braunen Vlies dieser Frau lösen, das allen Blicken ausgesetzt ist. Er nähert sich der Scheibe. Ich lege eine Hand auf den Spiegel in meinem Zimmer. Mein Gesicht spiegelt sich in seinem, dann reißen wir uns mit ein und derselben Grimasse voneinander los.

5 Weiter weg, im Osten, in Philippeville, in Häusern, die in Schlachthöfe verwandelt wurden, ist das Blut bis über die Möbel und die Porträts an den Wänden gespritzt. Männern wurde die Kehle durchgeschnitten. Frauen der Bauch aufgeschlitzt. Man schnappte sich Kinder und hackte ihnen die Finger ab oder schnitt ihnen die Kehle durch. Man sah Männer mit irrem Blick, vollgespritzt mit dem Blut ihrer Opfer, über die Felder fliehen. Die Sonne des August 1955 steht hoch am Himmel, gleichgültig gegenüber dem Hass und den seit Jahrhunderten bestehenden Ungerechtigkeiten. Drei Wochen zuvor hatte ein Schriftstück, unterzeichnet von General Kœnig und Justizminister Robert Schuman, von dem erst fünfzig Jahre später wieder die Rede sein sollte, dem französischen Militär allen Spielraum gewährt, nationalistische algerische Kämpfer sowie alle Zivilpersonen, die im Verdacht stehen, diese zu unterstützen, zu foltern. Am folgenden Tag werden Armand und Harry, wahrscheinlich per Flugzeug, in ein Internat in der Normandie geschickt. Alles geht sehr schnell. Es bleibt ihnen kaum Zeit, zueinander zu finden, in zwei verschiedenen Zimmern sitzt jeder auf seinem Bett, Zimmer, die sie mit anderen teilen sollen, über die sie bis dahin rein gar nichts wussten, und

von dem Auto, das in der Dunkelheit verschwindet, lässt ihre Mutter, in einer vagen und schönen Geste, ein kleines, besticktes, nach Lavendel duftendes Taschentuch im Wind flattern, das ich noch heute manchmal rieche, auch wenn es nur noch den Duft ihrer unwiederbringlichen Abwesenheit verströmt.

6 VERNEUIL-SUR-AVRE, FEBRUAR 1956

»He du, Knirps, dreckiger kleiner Knirps, du Bettpisser.«

Stolz die Stirn gereckt, tritt ein langer Lulatsch mit Sperberblick aus der kleinen Gruppe heraus, die sich im schneeüberpuderten Hof der Internatsschule zusammengerottet hat. Er geht auf Harry zu, mit spöttischer Miene, verächtlich, breitbeinig, den Finger auf ihn gerichtet:

»Pisser, dreckiger kleiner Stinkepisser.«

Die Gruppe drängt sich zusammen und bildet einen Kreis um sie. Harry spürt ein Kribbeln in der Nase. Er will auf keinen Fall losheulen. In seinem Bauch zieht es sich kalt zusammen. Der Griffelkasten, die Hefte und das Astronomiebuch, das er in Händen hält, fangen an zu zittern. Es ist weit und breit kein Lehrer zu sehen. Es würde zu viel Zeit kosten, über den Hof zum Saal der Internatsaufsicht zu laufen. Niemand würde ihm helfen. Der Bandenchef, der ihn gerade beleidigt hat, ist drei Köpfe größer als er. Alles in ihm gerät in Aufruhr, weil er seine Wut schon viel zu lange zurückgehalten hat.

»Sag das noch mal, was du da gerade gesagt hast.«

Neugierige kommen näher. Gemurmel wird laut. Die eisige Luft peitscht ihr Lachen. Andere entfernen sich furchtsam, indem sie so tun, als suchten sie etwas in ihrem Ranzen, oder auf ihre Schuhspitzen starren.

»Du hast mich sehr gut verstanden«, erwidert der Bandenchef. »Knie vor mir nieder, du Pisser, sonst stech ich dich ab wie ein Schwein.«

Von außen betrachtet, erinnert das schickste Internat der Normandie, mit seinen Gebäuden im anglo-normannischen Stil, seinen in »Häuser« unterteilten Schlafsälen, an eine Schule für Kinder von Zauberern. Dort werden die Söhne von Industriellen, Diplomaten und den unterschiedlichsten Prominenten geparkt, solange sie die Zehntausende von Francs bezahlen können, die man jedes Jahr hinblättern muss, um nur mit »rechtschaffenen Leuten« Umgang zu haben, das heißt mit Söhnen aus Familien, für die dergleichen Summen nichts sind. Sportskanonen, Stänkerer und Witzbolde sind sehr beliebt. Intellektuelle bleiben unter sich. Harry könnte zur Gruppe der fleißigen Schüler gehören und sich darin gute Kameraden machen, wenn das schmerzhafte Gefühl der Fremdheit ihn nicht dazu verleiten würde, sich zu erniedrigen, in der Hoffnung, man werde ihn schließlich lieben. Er weiß sich keine Freunde zu machen. Er geht zu den Schulkameraden hin, stellt sich zu ihnen und hört zu, wie sie reden, wartet darauf, dass man ihn zum Mitspielen auffordert. Aber man schlägt ihm nichts dergleichen vor. Man sagt zu ihm nur: Hau ab oder: Verpiss dich! Was er genauso wenig versteht. Also bleibt er reglos stehen, die Augen in seinem viel zu blassen Gesicht wirken eingefallen. Er starrt nachdenklich die anderen an, selbst als man ihn einen Schwachkopf schimpft und ihn am Ende sogar schubst, während die beiden Seelsorger, ein Katholik und ein Protestant, wegschauen und ihren Chor, die Kunsterziehung und die methodische Einführung in die Reitkunst in den Himmel loben. Dann setzt er sich auf eine Bank, von der aus er zusieht, wie sein Bruder in der Ferne Kriegsschreie ausstößt und einem Ball hinterherrennt.

Später werden manche sagen, das alles sei schon seit seiner Geburt so gewesen. Louise hatte Armand mitten im Krieg zur Welt gebracht. Das Kind kam nur mit großer Mühe aus dem Bauch, mit blauem Gesicht. Die Nabelschnur hatte sich ihm um den Hals gewickelt. Als man ihn befreit hatte, hatte seine Atmung sich verlangsamt. Er hatte mehrere Tage zwischen Leben und Tod geschwebt. Louise hatte solche Angst gehabt, ihn zu verlieren, dass er, als er überm Berg war, zu ihrer Leidenschaft wurde. Das war gegenseitig. Angefangen bei den roten Haaren und den stahlblauen Augen bis hin zur Form der Ohren, klein und rund, glichen sie sich wie ein Ei dem anderen. Man konnte Armand der Brust seiner Mutter, an der er mit halb geschlossenen Augen und seliger Miene nuckeln durfte, nicht entreißen – auch noch lange nach der Geburt seines kleinen Bruders nicht.

Nach ihrer Ankunft im Internat hängen die beiden Jungen ständig aneinander. Nach dem Unterricht sieht man die zwei – Harry mager und kantig, Armand rosig und dicklich – auf den Wegen umherwandern, die Scheunenwand mit kleinen Pfeilen beschießen, sich darin verstecken, um amerikanische Zigaretten zu rauchen, Karten zu spielen oder stundenlang mit Begeisterung über geheimnisvolle Dinge zu reden. Wer ihnen dabei zusieht, sagt sich, das könnte für immer so weitergehen. Tut es aber nicht. Monate vergehen. Der Ältere räumt jedes Hindernis aus dem Weg. Der Jüngere verschlingt nur Bücherstapel. Der Älteste wird kämpferischer, größer und dicker und entwickelt sich fast schon zum Gott der Arithmetik. Nichts kann Armand umhauen, nicht einmal die Wucht der eigenen Selbstsicherheit. Mit einem Wort zerlegt er jeden, der sich ihm entgegenstellt, je schüchterner sein jüngerer Bruder ist, desto impulsiver gibt er sich, bietet allen, Lehrern wie Schülern, die Stirn, führt sich auf wie ein verhätscheltes Kind und glaubt steif und fest, ganz wie es Schildkröten und Löwen gibt, gibt es Reiche und Arme, Schwache und Starke, und wenn die Starken die Schwachen zermalmen oder töten, so ist das ein Naturgesetz.

Unmerklich flüchtet sich Harry, der sich bisher hinter seinem Bruder versteckt hatte, in die tote Schönheit von Büchern, die nur ihn interessieren. Spät in der Nacht, wenn die anderen sieben Kameraden, mit denen er das Zimmer teilt, leise miteinander zanken oder sich, auf dem Bauch liegend, still an der Bettdecke reiben, in der dunklen Finsternis ihrer Langeweile, wartet Harry, endlich in die echte Welt eintauchen zu können, dort den echten großen Persönlichkeiten zu begegnen, mit denen er dann die echten Gespräche führen kann, die man ihm immer verweigert, und in dieser stillen, zornigen, einsamen Wartezeit beginnt er Bücher so zu lieben, wie man Menschen und Tiere liebt. Er liest sie einmal, liest sie ein zweites Mal, schließt sie in seine Arme, schnüffelt an ihnen, betastet sie, legt sie übereinander, stapelt sie um sein Bett und errichtet damit zwischen sich und seinen Zimmergenossen eine immer hermetischere Mauer. Denn er versteht nicht, wie es möglich ist, dass andere, die genauso elend und lächerlich sind wie er selbst, sich aufs Foltern und Tyrannisieren verlegen. Trotzdem sind auch sie, denkt Harry, während er im Dämmerlicht die Schemen der in ihren Betten ausgestreckten Jungen betrachtet, mit dem hungrigen Blick eines Menschen, der den Ausgang aus dem Labyrinth versteckt im Herzen desjenigen sucht, der ihn endlich verstehen wird, ganz sicher sind sie aufgewacht oder wurden ganz sicher, wenigstens ein Mal, mitten in der Nacht geweckt vom gewaltigen Schatten des menschlichen Leids, von der vollkommenen Erkenntnis unseres gemeinsamen Schicksals, von der Angst, vor Einsamkeit zu verrecken, oder von dem schrecklichen Gedanken, dass sie, nachdem sie aus dem Loch herausgekrochen sind, noch so viel Zeit damit verbringen können, in der Kammer ihres Geistes den Boden aufzugraben, zu lernen, zu lieben, zu lachen, zu reisen, es wird trotzdem damit enden, dass sie eines Tages in ein Loch geworfen werden, vom Erdboden getilgt.

Weder die Felder noch die Wege sind länger sichtbar; die undurchdringliche Masse des fernen Waldes ist mit der Dunkelheit verschmolzen. Auf der anderen Seite des Fensters erstreckt sich im Himmel das lange weiße Band der Milchstraße, weit entfernt von dem Fenster, hinter dem Harry immer noch steht und wacht. Mit dem Schatten der Nacht auf dem Gesicht liest er weiter, eine Taschenlampe in der Hand. Ringsum schlafen die anderen endlich. Manchmal wünscht sich Harry, dass sie nie wieder aufwachen. Und dass man ihn tagelang, wochenlang, jahrelang tief in die Tunnel dieser Wörter und Bilder hinabsteigen lässt, von denen er sich immer schwerer lösen kann. Dort ist die Stimme des Lebens lustig und derb, provokant, bunt, voller Glanz und voller Sterne. Das Morgengrauen wirft ihn zurück auf seine Einsamkeit. Die Lehrer mögen ihn; die Schüler meiden ihn. Im Unterricht wirkt sein Interesse an Sternbildern, chinesischen Dynastien und obskuren Vulkanen befremdlich. Seine versteckte Sympathie für die algerischen Unabhängigkeitskämpfer verzehrt ihn und lindert nicht seine Scham, dass er mit dreizehn Jahren immer noch ins Bett macht (er sähe es gern, wenn etwas anderes aus seinem Geschlechtsteil herauskäme, denn er hat sehr wohl verstanden, welches Spiel die anderen in den Schlafsälen oder unter der Dusche spielen), und sie schmälert auch nicht den Neid, der ihm unablässig die Kehle zuschnürt. Denn das, was Harry will, was er wirklich will, ist nicht nur, dass man ihn liebt, sondern dass man ihn ebenso fürchtet wie seinen Bruder. Und dass dieser Bruder ihn liebt, auch wenn Harry seine Werte und seine Entscheidungen oftmals verachtet. Aber Armand liebt Harry nicht wirklich, oder besser gesagt, er liebt ihn so, wie man die braven Hunde einfach lieben muss, wenn sie neben uns hertrotten, zitternd und bebend, und uns ab und zu von der Seite einen feuchten Blick zuwerfen, weil sie gestreichelt werden wollen. Für den Ältesten ist der kleine Bruder vor allem ein Mühlstein am Hals, der ihm erst die Masern beschert und dann Windpocken, Mumps und die Grippe, und auf den er ständig aufpassen muss, weil er es seinen Eltern versprochen hat. Während der Fahrt ins Internat hielt sein Vater ihm eine lange Gardinenpredigt: Dein Bruder ist kleiner als du, aber so herzig, dein Bruder ist schwächer als du, aber so intelligent, dein Bruder ist dein allernächster Verwandter, ihr seid beide aus demselben Bauch gekommen, ihr seid beide aus demselben Herzen entstanden, ich will das Beste für euch beide, du musst ihn lieben und ihm ein Vorbild sein. Aber Armand hat genug davon. Armand kann noch so sehr versuchen, nach außen hin eine liebenswerte Miene aufzusetzen, er erträgt es immer weniger, wenn dieser Zwerg, der immer noch genauso angezogen ist wie er selbst und der sogar seine Art imitiert, die Zigarette zu halten, zwischen Mittelfinger und Ringfinger, der ihn anlächelt oder sich ihm an den Hals wirft und ihn seinen lieben großen Bruder nennt, die Finger ausstreckt, weil er den Kontakt zu seiner Hand sucht. Was er will, jetzt schon, denkt er sich morgens, wenn er sich liebevoll im Spiegel betrachtet, wenn er seine Hose und das Hemd mit den kleinen Perlmuttknöpfen anzieht, ist nicht nur, wie ein guter kleiner Soldat an der Seite seines Vaters zu arbeiten. Er will es noch besser machen. Armand unterbricht sich, und mit einer Grimasse verscheucht er einen obszönen Gedanken aus seinem Kopf. Hinter der Tür zum Büro sitzt sein Vater, das Hemd offen und die Hose bis auf die Waden heruntergelassen, mit einer zu stark geschminkten jungen Frau, die ihm einen runterholt und schallend dabei lacht. Armand dreht am Waschbecken das Wasser auf und taucht die Hände hinein. Das kalte Wasser läuft über die gereizte Haut seiner Gelenke. Er reibt sie mit Seife ein, immer wieder, betrachtet sie eingehend, trocknet sie sorgfältig ab, betrachtet sich wieder im Spiegel, macht das Licht aus, indem er mit dem Ellbogen den Schalter drückt, und geht hinaus. Er findet seinen kleinen Bruder hinter dem Schuppen, halbnackt im Schnee zurückgelassen, die Wangen von Tränen benetzt. Er geht zwei Schritte auf ihn zu, reicht ihm die Hand. Harry sieht ihn mit riesigen Augen an. Wie er so dasitzt, kommt der Bruder ihm noch größer vor. Er steht auf, rettet sich in seine Arme und mit einem Schluchzer erzählt er ihm alles: die Beleidigungen, die Sticheleien, wie sie ihm Schnee in die Unterhose gestopft hatten, damit sich dort ein verräterischer feuchter Fleck bildet. Die Mittagsglocke läutet. Dicht gedrängt strömen die Schüler, einer nach dem anderen, in einen dunklen Speisesaal und nehmen vor ihrem Teller Suppe Platz. Armand stürmt in den Saal, geht mit hoch erhobenem Kopf vor dem großen Tisch des Direktors und der Lehrer vorbei, der auf einem Podest thront und von dort aus alles dominiert, und bleibt, das Gesicht fast so rot wie sein Haar, vor demjenigen stehen, der seinen kleinen Bruder beleidigt hat. Wortlos ergreift er einen vollen Suppenteller und lässt ihn auf dessen Kopf niedersausen. Der Schlag ist so brutal, dass der lange Lulatsch ein paar Momente wie erstarrt, mit Suppe besudelt, sitzen bleibt. Dann bricht ein Glucksen los. Es wird an Gläser geklopft. Brotkügelchen werden hin und her geschossen. Der Direktor brüllt. Die Pfarrer ereifern sich. Armand frohlockt eiskalt. Meine Großmutter setzt sich zu mir ans Bett und erzählt mir wieder diese Geschichte von den zwei Brüdern im Internat. Sie liebten sich, sie liebten sich wirklich, dein Onkel hat deinen Vater immer beschützt, sie liebten sich, sie liebten sich wirklich, weißt du. Sie weint. Ich sage: Du brauchst dir nicht solche Mühe zu geben. Ich weiß alles. Da steht sie langsam auf und verschwindet in der Wand.

54 Ich bin in einem anderen Zimmer, vor sehr langer

Zeit. Ich bin klein. Vielleicht neun Jahre alt, vielleicht zehn. Kaum älter. Ich betrachte eine Fotografie meines Vaters, die auf der Seite eines Fotoalbums unter dem Pergaminblatt klebt. Ich berühre seine kalte Nasenspitze. Ich berühre meine Nasenspitze. Betrachte ein anderes Foto. Mein Onkel, seine stark gelockten Haare. Ich berühre meine stark gelockten Haare. Ich werfe einen Blick nach links, dann nach rechts. Ich küsse das Foto. Klappe das Album wieder zu. Der Schmerz war so groß wie die Unermesslichkeit der Welt. Es ist nichts mehr davon übrig. Nicht einmal mehr eine Frage. Eine Geschichte, besiegelt in den Nächten der Kindheit, die mich durchlöchert und getötet hat, vor Jahrhunderten.

7 Zur gleichen Zeit ging ein anderes Kind, ein Mädchen, in eine andere, weitaus bescheidenere Internatsschule. Eines Morgens sieht es seine blonden Locken wie einen Blumenkranz um seine Füße gebreitet. Man hatte sie ihr gerade abgeschnitten, ratzekurz. Sie war viel zu schön. Dagegen musste man hart durchgreifen. Sie ist neun Jahre alt. Ihr Vater hat sich nie von Buchenwald und Schönebeck erholt: Von einem Tag auf den anderen verließ er Frau und Kind und ging nach Afrika. Ihre Mutter wurde nach einer erneuten Wahnattacke in eine Klinik eingewiesen. Ève beklaut die Ladenbesitzer, schiebt mit sturer Miene vor aller Augen ihr Höschen zur Seite, spornt ihre Freundinnen an, es ihr heimlich nachzutun, und lügt wie gedruckt, aus reiner Lust an der Lüge. Auf Beschluss des Jugendgerichts der Seine, das sie als »psychopathisches Kind« beschreibt, »zutiefst traumatisiert durch die Wahnsinnsanfälle ihrer Mutter« und den »Fortgang ihres Vaters«, der »keinerlei moralisches Empfinden besitzt«, parkt man sie in einem Vorortinternat, wo sie sich sehr schnell zum schwarzen Schaf entwickelt. Sie zieht die Bettlaken so auf, dass man nicht mehr hineinklettern kann, erzählt dem Beichtvater Horrorgeschichten, bis der gute Mann sich voller Angst und Ab-

scheu bekreuzigt, stiehlt anderen Internatsschülern die Bonbons und Kekse, die sie von ihren Eltern geschickt bekommen, schneidet ihrer Banknachbarin den Zopf ab. Eines Tages bringt man sie im Auto ins Krankenhaus. Sie durchquert eine Reihe von Gängen. Man bringt sie in ein Zimmer. Sie sieht eine Frau im Bett liegen, mit bleichem Gesicht, um den Kopf trägt sie einen Verband, die Arme stecken in einer Zwangsjacke. Sie bleibt lange am Fußende sitzen und betrachtet die Frau. Es ist ihre Mutter, aber es ist nicht mehr ihre Mutter. Es ist nur ein Stück Stoff, ein kleines Stück Stoff, ganz weich und ganz leer. Da beschließt sie, dass sie niemals von irgendetwas oder irgendjemand abhängig sein wird. Sie wird ihre Mutter da herausholen, und eines Tages wird sie ihr ein vollkommen neues Leben bieten, ein reiches Leben, ein glückliches und schönes Leben, koste es, was es wolle, »egal auf welchem Wege« – und vielleicht hört sie bereits den seltsamen Klang dieser Formulierung in ihrem Kopf, die ganze unbekannte Zukunft, die sie gerade in eine Nadel verwandelt, mit der sie die Herzen und Seelen mit ihrer Schönheit durchsticht. Als man sie ins Internat zurückbringt, lügt Ève ihre Schulkameradinnen an. Sie behauptet, sie habe den Nachmittag damit zugebracht, mit ihrer Mutter in den großen Kaufhäusern einkaufen zu gehen, mit dem ganzen Geld, das ihr reicher Papa, der Forschungsreisender in Afrika ist, ihnen geschickt hat. Als sie am Abend unter die Dusche geht, hört sie zwei ihrer Kameradinnen kichern: Ach was, die, ihre Mutter ist total plemplem, einmal im Jahr kommt sie eine Weile zu den Bekloppten weil sie selbst auch bekloppt ist, genau wie diese Lügnerin, die überall rumerzählt, sie sei eine

kleine jüdische Prinzessin und ihr Vater sei Forschungsreisender in Afrika, die wird auch als Bekloppte bei den
Bekloppten enden.

Am nächsten Tag finden die Nonnen des Internats ein
kleines Kätzchen tot im Garten. Es wurde erwürgt.

8 ALGIER, 1961–1962

Die Glyzinien blühen. Die Sonne verbrennt sie. Sie welken, schrumpfen und fallen ab. Der Sommer schreitet voran. In den Straßen von Bab El Oued beginnt man, Algerier an Wäscheleinen aufzuknüpfen. Man übergießt sie mit Benzin, um sie abzufackeln. In der Rue Michelet machen sich die Killer der Delta-Gruppen der OAS einen Spaß daraus, mit einer einzigen Kugel auf mehrere hintereinander in einer Reihe aufgestellte Algerier zu schießen, wie man es mit den Holzenten auf dem Jahrmarkt macht. Am Morgen des 23. Juni 1961 ertönt ein Schrei im Haus in der Rue d'Isly. Joseph stürzt in das Zimmer von Henriette, Louises Mutter, in der Vorahnung eines großen Unglücks. Cheikh Raymond, einer der größten Meister der arabisch-andalusischen Musik, hochverehrt von den jüdischen und muslimischen Gemeinschaften, der mitten im Krieg mit übernatürlicher Inbrunst von höfischer Liebe und der Hinwendung zu Gott sang, wurde am Tag zuvor mit einer Kugel in den Nacken getötet, am helllichten Tag, im Suk von Constantine, wo er gerade einkaufen ging. Sein Mörder tauchte in der Menge unter. Henriette, die in Pantoffeln im Zimmer steht, im offenen Morgenmantel über einem langen Nachthemd, das nach verwelkten Blumen riecht, ist so blass wie ihr Bettlaken. Die Neuigkeit verbreitet sich in ganz Algerien. Freunde strömen herbei und versammeln sich im Haus. Sie stützen einander, umarmen sich, sie schreien Sie haben den Bruder der Araber getötet, sie werden auch uns töten. Es gibt keine Hoffnung mehr. Wir müssen fort.

Schmerzgebeugt folgt Joseph der Straße, hinauf zu seiner Klinik. Pétain hat er gehasst, aber er misstraut General de Gaulle. Arabisch hat er noch vor Französisch gesprochen, betrachtet sich selbst als Algerier, hält Juden und Muslime für Brüder und denkt, statt sich wie Tiere gegenseitig abzuschlachten, sollten sie sich vom Rassismus, den sie von den Kolonialherren, von der Verwaltung und der Polizei erfahren, dazu bewegen lassen, die Waffen niederzulegen und gemeinsam die Marionettenrolle anzuprangern, zu der man sie nötigen möchte. In der Klinik macht er keinen Unterschied zwischen jüdischem und arabischem Personal, so wie er auch die Patienten nicht unterschiedlich behandelt. Ein Kranker ist ein Kranker. Er sieht nur den leidenden Menschen in ihm, einen Menschen, dessen Leid gelindert werden muss. Er sieht nur eins: Leiber und Schmerzen, und als Kontrapunkt die Gewissheit, Gutes zu tun. Losung für seine Truppen: Ein Kapitän verlässt nicht sein Schiff, wenn es vollzulaufen beginnt. Er bleibt an Bord, würdig und aufrecht, bis zum Ende. Zu den Ärzten und Krankenschwestern sagt er, sich einschüchtern oder von Angst überwältigen zu lassen kommt gar nicht in Frage. Wir operieren weiter und bringen weiter Kinder zur Welt, ohne Unterschied.

Die Ereignisse überstürzen sich. Die Rezeptionistin der Klinik unterstützt offen den FLN. Obwohl sie Juden sind, setzen sich mehrere Ärzte der Klinik für ein unabhängiges Algerien ein. Zwei Ärzte, die in der Klinik *Les Glycines* arbeiten, bekommen Lösegeldforderungen von der OAS. Einer der beiden weigert sich zu zahlen. Man droht ihm an, seine fünfzehn Jahre alte Tochter zu entführen. Am nächsten Tag schickt er sein Kind mit dem ersten Flieger nach Frankreich. Auch Joseph steigt ins Flugzeug. Offiziell, um seine Söhne zu besuchen, die sich an der Universität zum Medizinstudium einschreiben sollen. In Wahrheit ist er damit beschäftigt, die Flucht seiner Frau, seiner Schwiegermutter und eines Teils des Personals zu organisieren, das mit ihm zusammenarbeitet.

Eines Abends, als er gerade die Landstraße entlangfährt, hat sein Auto eine Panne und bleibt liegen, im strömenden Regen, mitten im Nirgendwo. Es ist kalt. Beim Laufen sinkt er in der durchweichten Erde ein. Die Äpfel, die im Gras verrotten, verdrecken seine Schuhe. Er sieht nur einen alten Friedhof, der sich an eine Kirche schmiegt und dessen Gräber unter den Blumen von Allerheiligen begraben sind. Plötzlich taucht ein schwarzer Hund mit roten Abzeichen aus der Nacht auf, die Zähne gefletscht. Dann erscheint eine blutjunge Frau in hohen Stiefeln, die eine Wollweste trägt, darunter ein großblumiges Kleid, einen Stock in einer Hand, eine Sturmlampe in der anderen. Sie führt Joseph zu einer recht baufälligen Scheune, in deren Hof Heugabeln, Karrenräder, Eimer, Halsbänder für die Tiere, ein Traktor, Reifen, ein Kaninchenstall und Ketten gelagert sind, und holt für ihn Kaffee, Butter, große Scheiben Brot, eine Suppe und ein Stück Speck heraus. Dürre Apfelbaumscheite knacken im Feuer. Als ihr Mann mit dem Versorgen der Kühe fertig ist, geht er durch den Regen zum Auto, bringt es wieder zum Laufen und will gerade wieder ins Haus zurück, als Joseph ihm ein Bündel Geldscheine hinstreckt. Der Mann wischt sich die Hände an seinem dicken Wollpullover ab und verzieht angewidert das Gesicht. Was glauben Sie eigentlich, wo Sie sind, mit ihrem Auto und ihren Lackschuhen? Sie können sie behalten, ihre Dreckskohle, ich will sie nicht. Joseph jauchzt vor Glück. Es ist lange her, dass jemand gewagt hat, so mit ihm zu reden. Er bedankt sich bei dem Bauern, der ihn verdutzt anstarrt, und bleibt beharrlich: Geben Sie mir wenigstens Ihre Telefonnummer. Eines Tages werde ich Sie besuchen kommen.

Der Mann blinzelt, setzt sich die graue Kappe auf, sagt, er habe kein Telefon, aber wenn ihm wirklich daran gelegen sei, man könne ihn immer hier auf dem Hof finden, oder auf der anderen Seite des Wassers, auf dem Feld, dann geht er, und der Hund folgt ihm auf den Fersen.

Am 26. März 1962 versammeln sich etliche europäische Zivilisten, die gekommen waren, um gegen die Abriegelung des Viertels Bab El Oued zu protestieren, das zur Bastion der OAS geworden war, im Stadtteil Plateau des Glières. Vor der Rue d'Isly, wo Joseph und seine Familie wohnen, stoßen sie auf eine Barrikade. Fünfzehn muslimische Scharfschützen halten die Waffen auf sie gerichtet. Der europäische Leutnant, der sie befehligt, brüllt: Keinen Schritt weiter, meine Männer haben Schießbefehl. Aber die Menge der Demonstranten wächst weiter. Sie bahnen sich ihren Weg. Schüsse fallen. Die Militärs antworten. Sie schießen in die Menge. Ein Sohn und sein Vater fallen zu Boden, Hand in Hand. Eine Frau brüllt, deutet mit dem Finger auf einen Mann, der von einer Salve geköpft wurde. Die Menge schreit: Hört auf zu schießen! In Gottes Namen! Es fallen weiter Schüsse. In Panik flüchten die Demonstranten in ein Modegeschäft. Sie werden aus nächster Nähe getötet. Eine Woche später, am 4. April 1962, steht in der Zeitung, eine Gruppe von fünfzehn Mördern der OAS sei in eine Klinik im Vorort Bouzareah eingedrungen. Muslimische Patienten wurden beschossen. Einige Kranke sprangen aus dem Fenster. Die Mörder verfolgten sie. Einen fand man später mit zerschossenem Kopf, begraben unter blühenden, von Kugeln zerfetzten Zweigen. Glyzinien.

Louise, ihre Schwestern, ihre Mutter, Joseph, sein algerischer Chauffeur und mehrere Krankenschwestern stehen eng zusammengedrängt auf der Brücke eines Fährbootes inmitten einer Menschenmenge. Der Hafen mit seinen Quais, seinen Molen, seinen Anlegestegen und Hafenbecken, zieht vorbei. Eine Avenue verliert sich in weiter Ferne. Das Minarett der Moschee der Fischerei und die rosa Kuppen der Basilika Unserer Lieben Frau von Afrika funkeln ein letztes Mal. Obst- und Gemüsehändler, Schuhputzer, Zeitungsverkäufer, Fischer, Kinder, Seemänner sind nur noch Ameisen. Die Häuser von Bejaja, Jijel und Collo – nur noch Konfetti. Einige Boote schweben noch wie die Fliegen rund um das Passierschiff. Dann nichts mehr. Weißer Fleck, der verwischt, verblasst und dann verlischt. Die Stadt verschwindet. Die Erde löst sich auf. Jemand schreit. Eine Frau ist in Ohnmacht gefallen. Joseph eilt hinzu. Ich bin Arzt, lassen Sie mich durch. Auf der Vorderbrücke steht Louise, gegen die Reling gelehnt, und starrt auf das Mittelmeer, in dem noch nicht all die

Geisterwracks liegen, die sie fünfzig Jahre später heimsuchen sollten – denn so schippern wir gebrochen durch den Sturm der Jahre, Geiseln des dunklen Meeres, in dem das Exil der einen niemals das Exil der anderen auslöscht, Täter und Opfer der Vergangenheit.

9 Anfangs ist es ein Schlag, der den Schädel spaltet. In den Ohren summt es. Der Blick trübt sich. Ein Brennen im Herzen, ein Druck, eine Enge, fern, innen drin. Der Körper leert sich, wieder und wieder, mit heftigem Durchfall. Das kann doch gar nicht sein, sagen sie sich. Es ist so, wie wenn wir jemanden verlieren: Man sagt sich, das kann doch gar nicht sein, nein, das ist nicht wahr. Er ist nicht tot. Unvorstellbar, ohne ihn zu leben. Es ist ein Irrtum. Er wird zurückkommen, er wird zurückkommen.

Es heißt, dass sie wieder dorthin zurückkehren werden. Dass es sich gewiss um einen Irrtum handelt. Dass man so etwas seinen Brüdern nicht antut. Die Algerier werden am Ende schon merken, dass sie auf dem falschen Dampfer sind, werden sie bitten, zurückzukommen. Sie werden ihr Haus, ihr Bett, ihre Freunde, ihre Kollegen, ihre Angestellten, ihr Land wiederfinden, und alles wird von vorn losgehen. In der Nacht kehren sie im Traum in die Heimat zurück. Öffnen die Tür ihres Hauses. Sie essen in ihrem Esszimmer. Empfangen ihre Freunde im Garten, während die Kinder unter den Palmen spielen. Sie laufen unter der glühenden Sonne. Gehen im Ocker und Gelb der Weizenfelder spazieren, im Grün der Oliven- und Orangenhaine. Sie tanzen auf dem Sand und baden im erfrischenden Brand des Meeres. Sie schlafen in ihren Betten und schrecken plötzlich hoch, mit verstörtem Blick, in einem Zimmer, das man ihnen zum doppelten Preis überlassen hat. Draußen, überm Hafen, hängt ein Transparent, auf dem geschrieben steht: »Ins Meer mit den *Pieds-noirs*«.

An ihren Mann gekauert, in einem Bett, so eng wie ein Grab, denkt Louise an das Grab ihres Vaters, das sie nie mit Blumen schmücken wird, und bricht in Tränen aus.

10 Wenn der November naht, versinkt die Normandie in ihren schwarzen Monaten. Die Kälte kommt. Die Straßen nach Paris, Rouen oder Le Havre füllen sich mit Autos. Die Städter kehren von ihren Zweitwohnsitzen zurück, lassen die Reihen nackter Apfelbäume hinter sich, die vom Raureif überzogenen Hecken, die mit Brackwasser vollgesogenen Felder, über denen Wolken von Krähen fliegen, die Schöpfräder der Mühlen, die gelben Seerosen in den Flüssen, die strohgedeckten Hütten und die Bauernhöfe mit den an die Türen genagelten Hufeisen. Auf halbem Wege von Louviers nach Évreux spiegeln sich nur die erleuchteten Fenster eines riesigen Schlosses mit stolzen und schwermütigen Zinnen in den Wassern des Iton. Von der aus dem 12. Jahrhundert stammenden Festung stehen nur noch ein Turm und unterirdische Gänge, die wie durch ein Wunder der Zerstörung des restlichen Gebäudes entgangen waren, das erstmalig im 14. Jahrhundert restauriert und dann unter der Restauration wieder zerstört und schließlich gegen 1930 wiederaufgebaut wurde, bevor während des Zweiten Weltkriegs Eisenhower dort Halt machte, als würde dieses Schloss mehrere Epochen aufeinanderstapeln, Epochen, die niemals vollständig ausgelöscht, sondern vielmehr auf monströse Weise ineinander verschachtelt wurden.

Die Innenausstattung ist entsprechend. Hinter der Biegung eines mit smaragdgrünen Vorhängen ausgestatteten Flurs zielt eine marmorne Diana mit dem Pfeil auf ein Tigerfell. Gleich daneben kämpfen Ming-Krieger aus Elfenbein auf einem Schachbrett miteinander, unter dem amüsierten Blick einer jungen Frau auf einer Schaukel: ein Watteau. Ein Ebenholzhirte nimmt keine Notiz von einem pausbäckigen Mondfisch, der einen in einer Flasche gefangenen Dreimaster zu verschlucken droht, welcher auf einem weiß lackierten Flügel steht, direkt neben einem Louis-XIII-Tisch, auf dem in einer mit Fabelwesen verzierten Suppenschüssel mit den geprägten Initialen des Familienpatriarchen die Reste einer Cremesuppe vor sich hin gären. Für sich betrachtet sind das lauter prunkvolle Objekte. In dieser Nebeneinanderstellung beleidigen sie den Blick. In der Küche simmern orangefleischige Kürbisse und pralle Tomaten in einem Topf vor sich hin. Kristallkaraffen sind bis obenhin mit spanischem Wein gefüllt. Großes Federvieh, dessen Federrupf auf der Karodecke einen großen Haufen bildet, köchelt in drei gusseisernen Töpfen. Gleich wird man den Tisch abräumen. Dann wird man ihn auf genau die gleiche Weise wieder decken. Und sie werden sich erneut dort hinsetzen, um eine Mahlzeit einzunehmen.

Sie essen ohne Unterlass und oftmals ohne Hunger. Kaum haben sie sich vom Tisch erhoben, da denken sie auch schon wieder ans Abendessen. Sie gehen zu Bett, wenn es dunkel wird, und stehen noch bei Nacht wieder auf, um mit halb geschlossenen Augen, im Schlaf noch in dem Leben, das sie auf der anderen Seite des Mittelmeers zurückgelassen haben, zur Speisekammer zu gehen, füllen die Porzellanteller, die vorsichtshalber dort gestapelt wurden, und setzen sich dann dicht gedrängt um ein Feuer. Seit sie sich in ihren Stolz und in die Einflüsterungen ihrer Reue verkrochen haben, muss ständig gekocht werden, um sie ernähren zu können, so viel und so gut, dass sie alle, der Vater, die Mutter und die beiden Söhne, die Grenzen ihrer Körper zu sprengen beginnen, mit einem langsamen Selbstmord durch Fett und Zucker. Wenn sie nicht essen, schleppen sie sich, schwer wie Leichname, von Zimmer zu Zimmer, von Flur zu Flur, vom Esszimmer in den Park, vom Park zum Schwimmbecken, vom Schwimmbecken zu ihren Sportautos, von den Autos zum Fluss, vom Fluss zur Terrasse, von der Terrasse in ihr Zimmer, von ihrem Zimmer in den Spielsaal, vom Spielsaal ins Raucherzimmer, vom Raucherzimmer ins Esszimmer. Und doch sind sie fröhlich, auch die Freude ist exzessiv, überschwänglich, gewaltig, lässt sie komplett angezogen ins gewärmte Becken springen, mit dicken Schlagstöcken oder einem Hammerstiel die schönen Forellen im benachbarten Fluss niederknüppeln. Alle eingeladenen Besucher kehren beladen mit Brioches, Kuchen, Couscous, Königinpasteten, Feldhase, Fasan und erstaunlichen Souvenirs vom Schloss zurück – Zurschaustellung einer Überfülle, die mit einer erstaunlichen Beharrlichkeit, über die man sich nur wundern kann, Leben vortäuscht. Alles ist gewaltig, die Mahlzeiten, die Möbel, die Originalgemälde großer Meister, die Autos, wie in diesen Träumen, in denen etwas genau in dem Moment erscheint, in dem wir es uns wünschen, manchmal sogar schon vorher, und sich schleichend in einen Alptraum verwandelt.

Natürlich wird nie über Geld geredet. Darüber zu reden, ist vulgär, und es zu zählen, umso mehr. Sollte es uns daran mangeln, hieße das, zu etwas Nein sagen zu müssen, Verzicht zu leisten, das Gespenst des Exils wieder heraufzubeschwören. Und so schweben sie in der Illusion, dass, wenn alles so glänzend ist, so herrlich, so grandios und bemerkenswert, in der akribischen Rekonstruktion all dessen, was sie in Algier gekannt haben und darüber hinaus, folglich nichts jemals sterben wird. Der Park ist so groß, sie werden so schwer, dass sie sich mit der Zeit nur noch im Lotus oder Ferrari fortbewegen. Der Rasen hinter ihnen wird wieder und wieder gestutzt. Die Hecken werden wieder und wieder geschnitten. Der Tümpel wieder und wieder vom warmen Lehm gereinigt. Die Apfelbäume, Birnbäume, Kirschbäume, Ulmen, Weiden und Eichen werden gestutzt. Man lässt das Feuer nicht ausgehen. Das Silber wird poliert, das Porzellan, die Baccarat-Kristallgläser, die Bestecke aus Silber und die aus Vermeil. Ein Gärtner, eine Köchin und ein Zimmermädchen sind hierfür nicht genug. Joseph hat das Bauernehepaar wiedergefunden, das ihm bei der Reparatur seines Autos geholfen hatte: Christelle und Victorin lieben sich seit ihren Kindertagen. Sie haben gemeinsam am Katechismusunterricht teilgenommen, an denselben monatlichen Jahrmärkten, denselben Beerdigungen und denselben Hochzeiten, bevor sie ihre eigene veranstalteten. Auch sie haben, wie etliche ihrer Kameraden, die den elterlichen Hof aufgegeben und die Gegend verlassen haben, um in Évreux, in Rouen oder sogar in Paris ihr Glück zu wagen, versucht, dem Elend zu entkommen und ihre Jugend zu genießen. Ihnen selbst gehört nur ein großes Stück Weideland, eine Ecke, in der sie Mais anbauen, zehn Kühe, bei deren Kauf sie sich verschuldet haben, ein Stier, den sie in einem abgesperrten Karree weiden lassen, zwei große schwarzweiße Kälber und eine Percheron-Stute, die als Traktorersatz dient. Wie schon ihre Eltern leben sie in der beständigen Angst, ein Tier zu verlieren, sagen immer, dass es zur Heuernte nicht schön genug sein wird, oder nicht feucht genug, damit das Gras, die Rote Beete und der Mais gut wachsen. Als Joseph ihnen vorschlägt, dieses der Wirklichkeit entrückte Bauwerk zu beaufsichtigen, an dem sie seit ihrer Kindheit zu Fuß vorbeigingen oder mit dem Rad vorbeifuhren, ohne dass sie je hätten hineingehen können, und im obersten Stock in weitläufigen Zimmern zu wohnen, mit dem Versprechen, sie könnten, sollten sie Kinder bekommen, diese dort großziehen, und sie dürften sogar das Schwimmbecken benutzen, zieren sie sich nicht lang, bei diesen ungewöhnlichen Schlossbesitzern in Stellung zu gehen. Gegen Ende des Winters 1962 widerfuhr ihnen ein großes Unglück. Christelle fand ihren Vater erhängt in der Scheune. Seit Jahren hatte es ihn immer wieder in Rage gebracht, dass er nicht der Erste im Dorf war, der einen dieser neuen Traktoren besaß, die nach dem Krieg aufgetaucht waren. Sein Bruder dagegen hatte sich einen zugelegt. Er beobachtete ihn über die Hecke hinweg, erstickte schier an seinem Hass. Seine Tochter hatte den Arzt, der gekommen war, um ihn abzuhängen, gebeten, auf dem Totenschein lieber »Unfall« statt »Selbstmord« zu schreiben, damit sein Sarg in die Kirche kommen durfte und er nicht mit dem

Gesicht zur Erde in der für die Bedürftigen reservierten Ecke beerdigt werden müsste. Niemand hat darüber gesprochen. Aber jeder hier weiß Bescheid, wie die Allerärmsten das mit dem Sterben anstellen. Man findet sie am Balken einer Scheune aufgeknüpft, erstickt in einem Auto, auf dem Grund eines Brunnens, und wundert sich dann, dass in ihrem Zimmer alles aufgeräumt ist oder sie sogar schon die Kleider aufs Bett gelegt haben, die man ihnen anziehen soll, bevor man sie in den Sarg legt, der dann zu all denen kommt, die auf dem Friedhof liegen, der direkt beim Schloss liegt, und in dem ich als Kind lange Stunden verschwand, fern von den Erwachsenen und all ihren Sorgen, während mich schon damals der viel zu große Himmel anzog, die Stimmen der Toten, das Dickicht sowie all die Orte, an denen ich meine eigene Spur verlieren konnte.

11 PARIS, 14. APRIL 1968

Monsieur Harry,

wir haben die Ehre, Sie um die gleichen Privilegien zu bitten, wie Ihr Herr Vater sie seiner Geliebten, der Vorgesetzten der Pflegerinnen, während ihrer Dienststunden gewährt. Auch wir würden gerne zwischen 13:00 und 15:30 Uhr einen Moment der Ruhe und Entspannung genießen. Wir maßen uns nicht an, den Herrn Direktor zu bitten, uns von der Place Jussieu mit dem Taxi oder mit seinem Auto abzuholen, wie er es mit ihr tut. Doch unsere Ehemänner könnten uns ja auch vor der Klinik abholen, ohne sich zu verstecken. Ihr Herr Vater hört auf Sie. Wir wissen auch, dass Sie der Einzige sind, der sich für unsere Belange interessiert. Mit allem Respekt bitten wir Sie, uns dabei zu helfen, in unserem Haus, in dem es zugeht wie in einem Bordell, für eine andere Atmosphäre zu sorgen. Denn seit das Direktionsbüro der Seniorchefin seltener offen steht, ist ihm, sobald er die Klinik betritt und bis er wieder geht, die alte Pute auf den Fersen, im Café, bei den Zeitungen, auf den Fluren, am Klinikeingang, im Ibis in der Rue Lacépède. Das sorgt oft für Lacher,

aber es beunruhigt uns auch. Wir haben immer noch
denselben Respekt vor unseren Arbeitgebern, und
wir haben auch vor Ihrer Frau Mutter Respekt, die-
ser armen Frau, die keine Ahnung von den Dingen
hat, die hier vor sich gehen. Sollte sich an der Situa-
tion nichts ändern, sehen wir uns gezwungen, sie
darüber in Kenntnis zu setzen. Es ist nicht unsere
Absicht, uns ein Urteil über die Haltung der Klinik-
leitung anzumaßen. Aber diesmal werden wir es
nicht akzeptieren, dass wir, die Krankenschwestern,
Pflegerinnen, die Krankenträger und das kleine
Hilfsdienste verrichtende Hauspersonal, aus dem
einzigen Grund, dass wir uns gegen die Ehrlosig-
keit wehren, vor die Tür gesetzt werden.
Mit freundlichen Grüßen

Der maschinengeschriebene Brief war nicht unterzeichnet.

Damals erstrahlte Josephs medizinisches Imperium
in vollem Glanz. Diese Klinik ist eine unerschöpfliche
Goldmine. Es werden dort Kinder geboren. Dem Ereignis
folgt ein Geldregen. Man lässt sich dort behandeln. Dem
folgt ein Geldregen. Es wird dort gestorben. Dem folgt ein
Geldregen, die Gewinne steigen. In jenem Jahr 1968 spu-
ken jedes Wochenende ein Finanzmagnat und ein äthe-
rischer Engel auf den Fluren der Familienklinik herum,
beide in einen engen weißen Kittel gezwängt. Joseph ist
überzeugt, dass seine zwei Söhne den Arztberuf erlernen
und den Betrieb übernehmen werden. Er vergöttert den
Jüngsten mit jener wilden Leidenschaft, mit der man den
74   verlorenen Teil seiner selbst liebt, jenen Teil, den man

amputiert hat, um Erfolg haben zu können; die Gefräßigkeit seines ältesten Sohnes stößt ihn zwar ab, doch er bewundert ihn. Der König schaut seinen kleinen Dioskuren dabei zu, wie sie sich ausprobieren im Leben, im Denken, und auch jetzt schon bei der Herrschaft, die sie eines Tages zu zweit über ihren Olymp ausüben werden, Hand in Hand. Er zeigt ihnen die Tätigkeitsbilanzen, erklärt ihnen allumfassend die Rezepte für die Einweisungen und die Ausgaben, lässt sie Kostenvoranschläge berechnen, erst für zwei und anschließend auch für fünf Jahre. Eines Tages, so sagt er, wird das alles euch gehören. Das Medizinstudium, dem Harry und Armand sich unterziehen, ist eine Art pädagogisches Gemetzel. Stellen Sie sich vor, Sie sind achtzehn Jahre alt. Man gibt Ihnen zu verstehen, dass Sie die anderen überrollen müssen, wenn Sie Erfolg haben wollen. Dass Sie letztlich zum Killer werden müssen. Und sind Sie dann der beste aller Killer, können Sie Anspruch darauf erheben, Arzt zu werden und den Rest Ihres Lebens damit zuzubringen, andere Menschen zu retten, das heißt permanent gegen den Tod und mit dem Tod zu arbeiten, bis Sie am Ende selbst Ihren Platz im großen universellen Beinhaus finden. 1968 gab es nach dem ersten Medizinstudienjahr noch nicht den Flaschenhals des Numerus clausus, mit dem geregelt wird, wer weiterstudieren darf und wer wiederholen muss. Stattdessen tut man alles, um den jungen Leuten, die gerade ihr Abitur gemacht haben, das Gefühl zu vermitteln, dass es nicht genug Platz für alle gibt. Nur die Studenten, die wie Armand im zweiten Jahr die besten Noten erzielen konnten, haben das Privileg, in den Krankenhäusern von Paris als Externe aufgenommen zu werden. Alle anderen werden im Krankenhausdienst wie Parasiten behandelt. Sie dürfen sich nicht um Patienten kümmern, nicht einmal aktiv den Ärzten assistieren. Sie sind reine Statisten. Das dürfte auch Harrys Fall gewesen sein. Er war noch nie so gut wie Armand. Konnte ihm noch nie das Wasser reichen. Der Ältere kommt weiter, schließt sein sechstes Studienjahr ab, spezialisiert sich in Gynäkologie, in Medizinerkreisen wird bereits von ihm gesprochen, er wird respektiert und gefürchtet, man sagt, er werde eines Tages, ganz wie sein Vater, ein vortrefflicher Arzt und ein vortrefflicher Klinikchef sein. Er findet sogar eine Ehefrau: Judith, blond, aber nicht gewöhnlich, gebildet, aber nicht bedrohlich, feminin, aber genau im Rahmen, eine virtuose Klavierspielerin, aber bescheiden, die ihm aufnahmetauglich Chopin vorspielt, und dabei noch besser kocht als seine Mutter. Der Jüngere dagegen tritt auf der Stelle und ist folglich, gemessen an den Standards seines eigenen Milieus, ein Versager. Doch in der Klinik hat Joseph das Heft in der Hand. Wenn der Chef beschlossen hat, dass man Harry wie einen Arzt behandeln muss, dass er bei der Blinddarm-OP des Jungen von Zimmer 8 assistieren darf oder bei der Geburt von Zimmer 211, dann gehorchen alle. Für meinen Großvater stellt sich nicht einen Augenblick lang die Frage, ob seine Kinder vielleicht etwas anderes studieren könnten als Medizin. Arzt werden heißt: ein Mann werden. Als Harry eines Tages bei Tisch den Wunsch äußert, sich der Psychoanalyse zuzuwenden, weil es das Einzige ist, was ihm in der Klinik wirklich gefällt, nämlich den Menschen mit seelischen Leiden so nah wie möglich zu kommen und ihnen zur Besserung zu verhelfen, oder vielleicht Film zu studieren, sieht seine Großmutter Henriette ihn stumm wie ein Grab an, seine Mutter verkrampft sich, schluchzt, seufzt: Du enttäuschst mich, ach, was bin ich enttäuscht von dir, sein Bruder hebt entschuldigend die Augen ins Azurblau seiner Prinzipien, sein Vater lächelt ihn traurig an und bittet ihn dann, ihm den Wein zu reichen. Anschließend ist nie wieder die Rede davon.

Denn persönliche Träume zu haben, das ist hier ausgeschlossen. Wer perfekt sein will, kann sich so etwas nicht leisten. Natürlich kann man auch als Künstler, die, wie Louise sagt, »dilettantische, faule Wesen mit losen Sitten sind«, Miguel de Cervantes lieben, Marcel Proust, Albert Camus, Francisco de Goya, Diego Velásquez, Alfred Hitchcock, Johann Sebastian Bach, Barbara oder Jacques Brel, denn das sind »herausragende Künstler«. Nur handelt es sich hier nicht um persönliche Geschmacksurteile, vielmehr ist das ein Geschmack, der sich gehört. Dagegen gehört es sich keineswegs, eigene »künstlerische Ambitionen« zu haben, nicht, weil man Gefahr liefe, dem Anspruch nicht gewachsen zu sein – die ganze herablassende Aufgeblasenheit führt zu dem Glauben, in allem, was man beginnt, nur brillieren zu können –, sondern weil hier Ambitionen mitspielen, die sich vom großen Familientraum entfernen. Der große Familientraum ist nichts, was sich auf andere Träume ausweiten ließe, er ergießt sich wie goldener Kautschuk über sie alle, erstickt sie, tötet sie am Ende. Das Streben nach persönlichem Glück kann also nur über den Ruhm der Klinik erfolgen: Er wird die zukünftigen Söhne in Stellung setzen, wird den zukünftigen Töchtern eine Aussteuer liefern, es wird geheiratet, man vermehrt sich und das Vermögen wird wachsen, 77 ohne dass jemand zu Schaden kommt. Der Ruhm der Klinik erfordert die vollkommene Unterwerfung unter ihre Gesetze, das gilt für die Mitglieder der Familie ebenso wie für alle, die mit ihnen arbeiten. Solange man gut operieren oder gut Spritzen setzen oder einen Infusionsbeutel austauschen kann, solange man dem Clan loyal und respektvoll begegnet, ist man beim Chef gut angeschrieben. Doch sobald man die Regeln missachtet, wird man zum Störfaktor. Und wenn man zum Störfaktor wird, gerät das System ins Stocken und wird weniger rentabel: Patienten und Ärzte beginnen sich anderswo umzusehen. Daher wird jeder von jedem überwacht. Joseph überwacht seine Söhne. Seine Söhne überwachen die Ärzte. Die Mediziner überwachen die Ärzte in der Ausbildung. Die Ärzte in der Ausbildung überwachen die Krankenschwestern. Die Krankenschwestern wachen über das Wohlergehen der Patienten. Die Patienten und deren Angehörige achten auf die Anzeichen von Besorgnis auf den Gesichtern der Ärzte. Josephs Geliebte überwacht die alten Geliebten oder jene, die gerne seine Geliebten sein würden und Louise. Louise überwacht Joseph und seine aktuelle Geliebte. Die Rezeptionistin beim Eingang überwacht alle, auch den Chef. Und die Affen aus dem anderen Zoo, dem von gegenüber, lachen sich schlapp.

Harry hat also ein Leben als Sohn. Ein Leben als Bruder. Ein Studentenleben. Ein Leben in der Klinik. Und in jeder dieser Rollen hält er sich für den Mittelmäßigeren, für den Glanzloseren. Er ist Abfall und kann nicht einmal mehr auf diejenige zählen, in deren Organen er neun Monate lang geschwommen ist: seine Mutter. Dass ihr zweites Fleischklöpschen ihr überhaupt nicht ähnelt, ist für Louise immer wieder von Neuem eine Überraschung. Außerdem überschüttet sie Harry mit dem zähen Kleister ihrer mütterlichen Sorge, sobald er zu lange ihrem Sichtfeld entschwindet (»Wo warst du, woran denkst du, warum ziehst du so ein Gesicht, willst du mir nicht verraten, woran du denkst, jetzt sag schon, woran denkst du, du verschweigst mir doch was, mein Sohn, wie blass du bist, iss was, jetzt iss doch was, warum isst du nichts, ich kann das kaum mitansehen«). Und so bemüht Harry sich nach Kräften, in immer größerer Entfernung von der kleinen Familienstrafkolonie in riskante Rauschzustände zu geraten, sobald es dunkel wird. Sein echtes Leben, jenes, das ein glühendes Feuer in seinen Augen entzündet, das ihn dazu bringt, in den Welten und Erinnerungspalästen seines Schädels tiefer und immer tiefer in andere Bildergalerien einzutauchen, das ist sein unsichtbares Leben, das Leben mit Kafka, Strindberg, Ingmar Bergman oder seinem Teleskop. Aber nicht nur. Der weibliche Reproduktionsapparat, wie es in den gynäkologischen Lehrbüchern seines älteren Bruders heißt, interessiert Harry nicht in universitärer Hinsicht. Er liebt die Frauen. Liebt es, ihnen zuzuhören, sie anzuschauen, ihren Duft einzuatmen, sie zu trösten, sie zum Lachen zu bringen. Mit ihnen zu schlafen. Sie zum Orgasmus zu bringen. Er trifft sich mit ihnen. Nachts, in Welten, von denen seine Familie nicht die geringste Ahnung hat. Türen gehen auf. Rötliches Licht. Ein Rausch des Lachens, der Körper, der Gerüche. Eine Bar. Eine Diskothek. Ein Zimmer. Eine Frau. Viele Frauen. Sie sind so verschieden von seiner Mutter – so still, so geheimnisvoll. Er wirft sich in ihre Nacktheit, bringt sich ihrer Scham zum Opfer, ihren Umarmungen, ihrer Zärtlichkeit, ihren Lustschreien, doch am Morgen, gequält von einer Traurigkeit, die berauschend ist wie der Geruch von Benzin, verlässt er ihr Bett und verschwindet, geht wieder dem Schicksal entgegen, das man ihm auserkoren hat. Zieht einen weißen Kittel an, schmort mit wachsender Gelassenheit im eigenen Saft, in einer Zwangsjacke aus Prinzipien, folgt seinem Bruder und seinem Vater immer langsamer durch die Klinikflure, begegnet den Patienten mit einer Trägheit, die man für Empathie oder extreme Freundlichkeit hält.

Grauenhafte Welt, in der wir verschwinden, wie wir aufgetaucht sind, ein Zoo, erfüllt von Gekreisch und Schreckensschreien, ein Dschungel, in dem man andere verschlingen oder sich verkriechen muss, um nicht selbst verschlungen zu werden, ein kleines jämmerliches Theater, ein kleiner, abscheulicher Kerker, in dem das Mädchen, das sich in die Arme der Mutter oder des Onkels flüchtet, weil sie überzeugt ist, ein Gespenst auf dem Gang gesehen zu haben, dort nur die Schlangen ihres Stolzes finden wird. Im Augenblick, da ich diese Zeilen schreibe, liegt auf meinem Schreibtisch jener Brief, der am 14. April 1968 meinem Vater geschickt wurde. Ich sehe meinen Vater an. Mein Vater erwidert den Blick, dann legt er den Brief in eine Schublade, in der bereits andere Briefe liegen, die seit mehreren Jahren auf Anfrage seines Vaters dort versteckt werden, um dessen sexuelle Kapriolen zu verheimlichen und ihn vor dem Skandal zu bewahren. Es gibt zwei in Algier aufgegebene Briefe, die ich die ganze Zeit über in einer Schublade verwahrt hatte, darin schildert ein algerisches Kind Joseph seinen Tagesablauf und nennt ihn »mein lieber Opa«. Am folgenden

Tag nimmt Harry, wie jeden Montagmorgen, bei Tagesanbruch den Zug zurück nach Tours, wo er Medizin studiert. Er kommt im Hörsaal an, der rappelvoll ist. Die Studenten hasten, mehrere Stufen auf einmal nehmend, die Treppe hinauf. Man grüßt einander. Rempelt einander an. Ignoriert einander. Die Stimmung ist aufgeladen. Jene, die rein aus politischer Überzeugung dieses Studium absolvieren, um alles in Frage zu stellen, was man ihnen seit Beginn ihrer Karriere immer wieder über die Rolle des Arztes in der Gesellschaft vorgekaut hat, verteilen massenhaft Flugblätter. Anderswo, in Spanien, in Italien, in Belgien, in Japan, in Ägypten, in Deutschland, in den Vereinigten Staaten und sogar in Algerien haben die Studenten ein Feuer entfacht, das nicht mehr erlöschen wird. In Rom hat die Polizei gewaltsam einen Hörsaal in der Villa Borghese geräumt. In South Carolina wurden drei Studenten auf einer Bürgerrechtsdemonstration getötet. In Polen führt die kommunistische Partei eine breit angelegte Säuberungsaktion unter jüdischen Studenten durch. An der Universität von Nanterre startete eine Hundertschaft von Studenten einen Angriff auf den zentralen Verwaltungsturm, Stammsitz des Hochschulamts, um gegen den Imperialismus der ranghohen Bürokraten zu protestieren, um die freie Bewegung der jungen Männer und Frauen in den Studentenwohnheimen einzufordern sowie die Befreiung eines Aktivisten des Vietnam-Komitees, der auf einer antiamerikanischen Demonstration verhaftet worden war. Harry entdeckt weiter vorn einen Kameraden, der ihm in der dritten Reihe einen Platz freigehalten hat und ihm mit ausladendem Armkreisen zuwinkt. Er geht die Treppe hinunter, strebt zu ihm, aber in dem Moment, als er sich setzen will, hört er die Stimmen der Prahlhälse, die sich in der letzten Reihe herumfläzen und sich wie die großen Helden fühlen, weil sie die jungen Männer aus dem Erstsemester dazu gebracht haben, Hundefutter zu essen, in Scheiße oder Fischgedärm herumzukriechen, oder sie gezwungen hatten, sich eine Gabel in den Hintern zu rammen, wie man es zwei Jahre zuvor mit ihnen selbst gemacht hatte. Er kreuzt den schreckgeweiteten Blick der jungen Männer, die schon um fünf Uhr in der Früh aufgestanden sind, um im Hörsaal die besten Plätze zu ergattern. Er erkennt die Sprösslinge aus Familien wie der seinen: Sie wissen längst, dass sie zwar das Externat errungen haben, dass aber die Professoren, die ihre Eltern kennen, sie wie Hunde behandeln werden, sollten sie die Aufnahmeprüfung des Internats nicht bestehen. Jene, deren Eltern sich jeden Bissen vom Mund absparen, um ihnen eine Einzimmerwohnung zu bezahlen, und die vor Schreck erstarren bei der Vorstellung, man könnte ihnen eines Tages sagen: Du musst dein Studium an den Nagel hängen, wir können das nicht mehr bezahlen. Jene, die einem falsche Fotokopien andrehen, damit man das Examen in den Sand setzt. Jene, die sich freuen, wenn man krank wird, weil das immer einen weniger bedeutet. Jene, die bis über beide Ohren verliebt sind und statt zu arbeiten ihre Zeit mit Vögeln verbringen, aber am Ende einander verlassen werden, weil sie nicht aus demselben Milieu stammen. Harry entdeckt ein paar junge Mädchen, die in deutlich kleinerer Zahl in den ersten Reihen sitzen, einige tragen eine Berufung in sich, was ihrem Blick eine wilde Schönheit verleiht, während es ihre größte Angst ist, schwanger zu werden; andere jedoch sind einfach nur auf der Suche nach einer guten Partie, weil ihre Eltern ihnen gesagt haben, dass man die besten Ehemänner auf den Bänken der medizinischen Fakultät findet, und der Anatomie- oder Traumatologiekurs bringt sie zum Gähnen, während sie von dem hübschen maßgeschneiderten Kleid träumen, das sie am Tag ihrer Hochzeit tragen werden. Er betrachtet seinen Freund. Legt ihm eine Hand auf die Schulter. Er lächelt ihm zu, steht dann wortlos wieder auf und schnappt sich seine Tasche. Er verlässt den Hörsaal. Geht aus dem Gebäude der medizinischen Fakultät. Steigt in einen Zug nach Paris. Er wird nie wieder einen Kurs besuchen. Ich sehe ihn noch einmal, reglos, fast steif, auf der Moleskin-Sitzbank eines Casinos. Dann verliert er sich vollkommen in der Betrachtung der kleinen Kugel, die ihren wilden Lauf beginnt, hochspringt, um ein Haar in einem Fach liegengeblieben wäre, dann aber mit einem letzten Holperer in dem daneben hängen bleibt. Er hat gewonnen. Er ist der Auserwählte. Man sieht zu ihm hinüber. Niemand spricht. Man hört nur noch das Klacken der Jetons, die von den Croupiers eingesammelt werden. Er spielt noch einmal. Verdoppelt seinen Einsatz. Er gewinnt. Dann verliert er. Verliert wieder. Und gewinnt noch mehr. Wieder verliert er alles. Seine Fingerspitzen kribbeln. Es wird alles wieder reinholen. Er muss alles wieder reinholen. Er erhöht den Einsatz. Die Gewinne häufen sich. Die Verluste summieren sich, riesig, gigantisch abgrundtief. Er setzt alles auf eine Zahl, setzt alle Jetons ein, nimmt seinen Autoschlüssel, wirft ihn dem Croupier zu. Neugierige drängen sich um den Tisch. Keiner zwingt ihn aufzuhören. Er wird nicht mehr aufhören. Es wird Morgen. Er verlässt das Casino, nach Rauch stinkend wie der Höllenschlund, mit leeren Taschen. Er ist sechsundzwanzig Jahre alt. Er läuft unter schnell vorbeiziehenden Wolken dahin. Seine großen, mit schwarzem Nebel gefüllten Augen blicken zu der Stelle im Himmel auf, an der sich ein immer heller leuchtendes Ei bildet. Ein rosa gesäumtes, graublaues Band erhebt sich über dem Horizont. Der Schatten der Erde streckt sich zu einem verblüffenden Farbenballett, auf der anderen Seite der Sonne. Da beginnt Harry zu lachen. Er lacht wie nie zuvor. Er kann nicht mehr aufhören zu lachen.

12 PARIS, 25. NOVEMBER 1975

Für deine Stimme, die mich so scharf macht. Für dein Schweigen, das mich leitet. Für deine Brüste, die ich stoßen, deinen Mund, in dem ich kommen kann, fruchtfleischig, rosig. Für die Schweißperlen auf deinen Schultern. Für deine Nasenflügel, die beim geringsten Ärgernis erzittern und sich blähen. Für dein Gesicht am Morgen, dein geschminktes Gesicht, deinen haarigen Schoß, deinen rasierten Schoß, deinen unstillbaren Schoß, der den Hunger meines Mundes und meines Schwanzes weckt. Für dein Schluchzen, als du in meinen Armen gekommen bist, gestern, oben auf der Treppe, deine Augen tief in meinen. Für deine Lügen eines wilden Kindes. Für all die Tränen, die du um deine Mutter vergossen hast. Für dieses Baby, das du erwartest und das von allem die Krönung sein wird, da bin ich mir sicher. Ève, du bist meine Einzige, und ich knie vor dir. Man sagt mir, ich sollte dich hassen. Aber ich kann nur alles hassen, was nicht du bist. Ich sollte dich meiden. Aber man meidet nicht, was man schon immer gesucht hat: Man stürzt sich hinein, wie man ein Gelübde ablegt. Die Freude mit dir ist weit mehr wert als alle Reichtümer der Welt. Du bist groß, von einer bitteren Größe, die alles verwüstet, alles zerstört, aber die Menschen dazu bringt, aus sich herauszugehen. Das Seltsamste ist, dass du es nicht einmal weißt. Nein, ich glaube nicht, dass du eine Vorstellung davon hast, was du bewirkst, oder warum du tust, was du tust. Auch weißt du nicht, was du sagst, und das rettet dich. Ich schlafe nicht mehr. Ich esse nicht mehr. Meine Brust ist brennend heiß. Mein Blut ist wie Blei. Ich habe kein Gedächtnis mehr. Du machst alles zunichte. Ich habe immer nur davon geträumt, dich fest an mich zu drücken. Ohne dich bin ich wertlos. Ich will dich, bis zum Ende von allem. All das ist unmoralisch, mir doch egal, skandalös, mir doch egal, ich werde am Ende die Achtung meiner Eltern und meiner Freunde verlieren, mir doch egal, mir von meinem Bruder Beleidigungen anhören müssen, mir doch egal, ist mir gleichgültig, alles ist mir gleichgültig, was nicht du bist. Alles, was nicht wir sind. Sag mir, ich bitte dich: Sollte ich dich verloren haben, werde ich gehen, ohne zu klagen. Aber wenn du auch nur die leiseste Regung verspürst, mir verzeihen zu wollen, dann, meine Lebensliebe, komm.

Harry

13 ZWEI JAHRE ZUVOR

Harry, eine Mütze über dem braunen Haar, schlägt den Rollkragen seines Pullovers hoch, überquert eine Avenue mit hell erleuchteten Läden, eilt eine menschenleere Kastanienbaumallee hinunter, geht an einem Garten voller Statuen vorbei und setzt, den Kopf gesenkt, die Fäuste in den Taschen geballt, seinen Weg Richtung Auto fort. Plötzlich nimmt er in der Ferne, im Dämmerlicht, eine junge Frau wahr, die ungeduldig auf dem Trottoir auf und ab geht, Arme und Beine nackt, nur mit einem orangenen Minikleid und Hochschaftstiefeln bekleidet. Ihr ist bestimmt bitterkalt. Er kommt näher, spricht sie an, sieht sie jetzt ganz von Nahem. Ihm steht fast das Herz still. Sie ist atemberaubend schön. Die goldblonden Haare fallen bis auf den Po. Ihre Augen, nicht ganz grün, nicht ganz blau, sind durch einen Strich mit dem Eyeliner betont, den sie wie eine Kriegsbemalung trägt. Da es ihm nicht gelingt, sich aus seiner Schockstarre zu befreien, stößt sie einen kleinen Seufzer aus, durchbohrt ihn mit ihrem Blick, zündet eine Zigarette an, nimmt ein paar Züge, die sie ihm mit der Miene einer Killerin ins Gesicht spuckt. Er bricht in Gelächter aus und fragt sie nach ihrem Namen. Sie sagt ihm, man nenne sie Ève.

Ihre Stimme ist tief, hauchig. Er bittet sie um eine Zigarette. Sie reicht ihm eine. Ihre Finger sind eiskalt. Er sagt nichts mehr. Sie auch nicht. Sie sehen einander an und bleiben einen langen Augenblick so stehen, von Angesicht zu Angesicht, unentschlossen. Plötzlich zieht er den Mantel aus. Damit ist Ihnen nicht mehr kalt. Er legt ihn ihr über die Schultern, und noch bevor sie protestieren kann, macht er kehrt, steigt in sein Auto, und die Stille verschlingt ihn. In den folgenden Tagen bezieht er am gleichen Platz Stellung. Er wartet. Er sucht sie. Niemand kommt. Sie ist wie vom Erdboden verschluckt. Er macht sich über seine sture Beharrlichkeit lustig, kommt sich vor wie ein Verrückter, der eine Sternschnuppe sucht, die nur im Himmel seiner Gedanken Wirklichkeit besitzt, doch als er drei Tage später mit einem Freund in einem Restaurant sitzt, nimmt er im Augenblick der Bestellung in einem Spiegel, der über der Bank hängt, ein flüchtiges Bild wahr. Er dreht sich um. Sie sitzt dort, unter den Gästen, an einem anderen Tisch, in Begleitung eines Mannes, der ihr gegenübersitzt und ihre Hand hält. Sie wirft ihm einen kurzen Blick zu, schaut dann ihrem Gesprächspartner wieder tief in die Augen und küsst ihn plötzlich mit gespielter Freude. Harry wird blass. Er geht nach Hause. Ihr bildschönes Gesicht, ihre bittertraurigen Augen verfolgen ihn. Im Bett spricht er laut ihren Vornamen aus, legt sich die Hand aufs Geschlecht, errötet bei den Gedanken, die ihm kommen. In den folgenden Tagen meldet er sich nicht und zieht sich zurück, eingesperrt in dieser riesigen Wohnung im Faubourg Saint-Germain, die seine Eltern für ihn gekauft haben und in der zuvor eine neunzigjährige Gräfin gewohnt hatte, die, wie er sich sagt, mit den von Marcel Proust in seiner *Suche nach der verlorenen Zeit* beschriebenen Figuren Umgang gehabt haben dürfte.

Harry hatte gehofft, wenn er sein Medizinstudium unterbricht, werde etwas von den Dingen, denen er den Rücken gekehrt hatte, zusammenstürzen. Man hatte ihn dafür getadelt. Aber der Lack des Mittelmaßes hatte durch seine Geste keinerlei Risse bekommen. Seine Familie hatte sich mitnichten veranlasst gesehen, sich selbst in Frage zu stellen. Seine Mutter lud auch weiterhin jeden Sonntag zur Teestunde viele junge Stuten für ihn ein, die alle aus demselben Stall kamen und die er nach wie vor verschmähte. So wie sein Bruder ihn nach wie vor verachtete. Man hatte für Harry eine Stelle in der Klinikverwaltung gefunden. Er hatte sie zwar angenommen, aber weiter im Casino und in illegalen Spielerzirkeln mit einer diebischen Freude das Geld seiner Eltern verprasst. Und sein Vater hatte wie immer all seine Schulden beglichen.

Der Morgen graut. Die Erde ist kalt. Der Himmel färbt sich weiß. Es schneit. Heute wird er die junge Frau, diese Ève, von der er besessen, nach der er verrückt ist, heute wird er sie sehen. Sie wird da sein. Da ist er sich sicher. Er spürt es. Er weiß es. Er rast wie ein Wahnsinniger zur Kreuzung Avenue Henri-Martin und Victor-Hugo. Sie ist da. Er sieht sie schon aus weiter Ferne, genau an der gleichen Stelle, auf dem gleichen Trottoir, zur gleichen Zeit. Er geht auf sie zu. Sie trägt dasselbe Kleid. Nackte Schultern mitten im Winter. Er kommt näher, sieht ihr tief in die Augen. Sie zündet sich eine Zigarette an, bläst ihm wieder den Rauch ins Gesicht und lächelt ihn an: eine Pantherin, die ihre Fangzähne zeigt. Die Gesten sind genau die gleichen wie beim ersten Mal. Die Gesten eines schönen kaputten Automaten. Er sieht ihr zu. Spannt einen Regenschirm auf. Sie sucht Schutz darunter. Er spricht sie nicht auf ihre erste Begegnung an, und auf die im Restaurant auch nicht. Sie scheint ihn jedenfalls nicht wiederzuerkennen. Sie kneift die Augen zusammen, leicht geblendet von der untergehenden Sonne. Sie wohnt in einer Zweizimmerwohnung hinter der Avenue Victor-Hugo. Die Wohnung wirkt verlassen. Keine Möbel außer einem Tisch, auf dem ein Spirituskocher steht, zwei Stühle, ein von Kleidern überquellender Schrank und ein Schallplattenspieler, gestrandet inmitten eines Zimmers, das auf einen leeren Garten hinausgeht. Rechts eine geschlossene Tür. Wahrscheinlich das Schlafzimmer. Sie setzt Kaffee auf, zündet ein paar Räucherstäbchen an. Sie spricht mit tiefer Stimme, mit einem leichten Akzent, den er schwer zuordnen kann. Ihre Tage beginnen selten vor Mittag. Sie geht im Morgengrauen schlafen. Der frühe Nachmittag ist der Körperpflege gewidmet. Sie setzt sich in den dunklen Saal eines Kinos, in dem Liebes- oder Abenteuerfilme laufen: am Bildschirm ziehen die Bilder vorbei, sie sieht sich darin, verliert sich darin. Abends kauft sie sich im Lido-Musique auf den Champs-Élysées Schallplatten, steigt in die Nachtclubs von Saint-Germain-des-Prés hinunter, in denen junge Leute auf den Sitzbänken schlafen. Sie findet das ein bisschen schmutzig. Sie zündet sich eine Zigarette an; ein kleiner beiger Hund taucht aus dem Nirgendwo auf, kläfft, springt ihr auf den Schoß; sie küsst ihn mit einer rührenden Treuherzigkeit, krault ihm mit ihren manikürten Fingern Kopf und Hals, sagt immer wieder: Guter Hund, guter Hund, dann stößt sie ihn urplötzlich von sich. In genau dem Augenblick, so erzählt sie mir später, statt den Mund zu halten, statt sich, wie jedes Mal, auszuziehen, behält sie ihre Kleider an und fängt an, mir ihr Leben zu erzählen. Aber heute glaube ich ihr kein Wort mehr. Ich glaube, sie erzählt so, wie man ein etwas trauriges Lied weder für sich selbst noch für ein imaginäres Publikum ein leicht trauriges Lied singt; Dinge, die sie auch allen anderen erzählt hat: Dass sie vierundzwanzig Jahre alt ist, dass beide Eltern gestorben sind, ihre Mutter schon vor sehr langer Zeit, ihr Vater bei einer Expedition in Westafrika, wo er Forscher war, dass sie Jüdin ist, Dänin, dass sie in mehreren Internaten zur Schule gegangen ist, dass sie alle Jahre die Schule ge- wechselt hat, dass sie vor kurzem von Kopenhagen weg- gegangen ist. Und mit dieser für sie so typischen Stimme, dieser rauen Stimme, durchperlt von einem Phantasieak- zent, in dem sich eine große Ruhe mit einem etwas be- ängstigenden Abscheu mischt, sagt sie noch einmal mit gerecktem Hals, mit einem von großen, weit aufgerisse- nen blaugrünen Augen beherrschten Gesicht, von Müdig- keit übermannt: »Ich lebe allein hier, manchmal mit einer Freundin, aber die meiste Zeit allein ... meine Freundin ist Engländerin, sie ist sehr nett, ein bisschen nervig viel leicht, aber sehr nett, sie modelt auch, ganz der brünette Typ, so wie ich blond bin, wenn wir zusammen weggehen, kommen wir ganz gut an, das finden wir dann lustig ... Ich trinke nicht, nehme niemals Drogen, bin eine sehr gesunde junge Frau, ich bin Model, das gefällt mir, der Fotograf ist nett zu mir, ich mag ihn zwar nicht mehr als andere, aber er ist nett ... die Fotos werden erst sechs Mo- nate nach den Aufnahmesitzungen bezahlt, also schlag ich mich durch, so gut es eben geht, klaue Lebensmittel im Prisunic von Auteuil, immer nur wenige, immer allein und immer in den Stunden, in denen im Laden der meiste Andrang herrscht, die großen Ladenketten sind ohnehin die größten Diebe ... ich bin immer unabhängig gewesen, wollte nie von jemandem abhängig sein, hab mich ganz allein durchgeschlagen ... ich treffe Leute, ich gehe aus, aber im Grunde lasse ich sie reden und sage selbst nichts ... die anderen interessieren mich nicht, bei mir zu Hause ist es zu eng, ich habe keinen Platz für die Liebe ... zum Weinen gehe ich ins Kino, sonst weine ich nie, und Sie? ... ich weiß nicht, warum ich Ihnen das alles erzähle, vielleicht weil Sie sympathisch sind ... ich spreche nie mit jemandem, aber mit Ihnen ist es angenehm.«

Ergriffen schaut er ihr Vögelchenprofil an. Er betrachtet sie, wie sie die Uhr betrachtet, die er am Handgelenk trägt. Ein Geschenk seines Vaters. Ein Schatten huscht über ihr kleines, spitzes Gesicht. Sie fragt ihn, was er beruflich macht. Er sagt, er sei gerade dreißig geworden. Erklärt ihr das mit seinen Eltern, erzählt von der Klinik. Harry weiß, dass sie jetzt Berechnungen anstellt. Diese junge Frau, sagt er sich, während er auf den roten Mund starrt, aus dem diese Erzählung gerade kam, rechnet ununterbrochen. Sie rechnet unaufhörlich, wie viel Geld sie aus diesem oder jenem Mann rausschlagen kann, welchen Nutzen sie aus ihm ziehen könnte, welchen kleinen Trick anwenden, um an ihr Ziel zu gelangen. Sie wäre längst tot, wenn sie nicht immer alles berechnet hätte. Jetzt ist sie verstummt. Aber ihre Worte wirken noch in ihm nach. Sie bringt Kaffee. Als sie ihm die Tasse reicht, brennen ihn ihre Finger bei der Berührung so sehr auf der Haut, dass er rot wird. Ihn packt die Lust, sie zu Boden zu werfen, sie zu lecken und ihre kleinen Brüste in seinem Mund schmelzen zu lassen. Er blickt durchs Fenster. Die längste Nacht des Sommers liegt ausgebreitet wie ein Zelttuch, auf dem andere Monster pulsieren, die Himmelsmonster. Alles da oben, der Fuß von Castor, den die Sonne am Tag der Sommersonnenwende kurz berührt hat, wird in wenigen Stunden, zur Wintersonnenwende, den Mitternachtsmeridian erreichen. Sie hört ihn von den Sternen reden. Sie erhebt sich und legt eine Platte auf. Bei den ersten Takten beginnt er zu lächeln. Er sagt vielleicht: David Bowie »Space Oddity«. Genau der Song, den er sich zu Hause ständig anhört. Sein Song. Er ist verblüfft: Sie sind eine Zauberin. Als Antwort legt sie sich bloß auf den Boden und streckt ihre kleine zarte Hand nach ihm aus. Er legt sich zu ihr. Sie legt ihre Stirn auf seinen Oberkörper. Er wagt weder mit ihr zu sprechen noch sie zu küssen. Major Tom betritt sein Raumschiff. Der Countdown beginnt und befreit sie vom Druck der Erde.

Doch als das Lied vorbei ist, bittet Harry Ève, ihm die Fotos zu zeigen, für die sie Modell gestanden hat. Alle?, fragt sie. Alle. Sie holt einen dicken Ordner. Er blättert darin herum. Auf einem der Fotos ist sie im Cowboy-Kostüm, einen schwarzen Stetson auf dem Kopf, Cowboy-Stiefel an den Füßen, eine Pistole in der Hand, beim Gang durch eine Geisterstadt in New Mexico. Auf einem anderen sieht man sie im Profil, mit einer schwarzen Kurzhaarperücke, an den Zinktresen eines Bistros gelehnt. Etwas weiter kniet eine sehr dunkelhaarige junge Frau vor ihr und rückt ihren weißen Hosenträger gerade; auf einem anderen trägt sie weiße Hochschaftstiefel und eine blonde Lockenperücke und posiert vor einer Harley Davidson. Auf der Rückseite des Fotos steht »Sophie« geschrieben, nicht »Ève«. Auf einer anderen Serie von Aufnahmen, bei denen sie sich »Miel« nennt, posiert sie mit nacktem Busen unter der Latzhose in einem Weizenfeld, dann sieht man sie im Pelz, den sie sich lässig über den Rücken geworfen hat, am Arm eines Mannes, der ein Maschinengewehr hält (der Fotograf höchstpersönlich). Harry ist purpurrot im Gesicht. Er klappt das Album zu. Sie sind, sagt er zu ihr, immer mehrere Möglichkeiten Ihrer selbst, ohne dass je eine dieser Möglichkeiten so in den Vordergrund träte, dass sie die anderen zum Verschwinden brächte.

Sie sieht ihn ein wenig entsetzt an, antwortet aber nichts. Er weiß, dass er besser gehen sollte. Er weiß, dass er bleiben wird. Und dass sein Leben von jetzt an genau das sein wird. Sie liebhaben. Sie verehren. Sie vögeln. Ihr beim Leben zusehen, sie mit sich selbst versöhnen und sie über das Elend hinwegtrösten, das die anderen bei ihr anrichten, sie glücklich machen. Da tut Harry etwas, das er bisher noch nie bei einer Frau getan hat: Er verkündet, dass er nicht mit ihr schlafen will. Nicht sofort. Er wird ihr zunächst den Hof machen. Sie hebt eine Braue, ein ironisches Lächeln auf den Lippen, dreht den Kopf weg, um nach einem Glas Wasser zu greifen. Er bemerkt, dass sie auf dem Schlüsselbein eine wahrscheinlich noch ganz frische Narbe trägt. Ein Unfall, sagt sie mit teilnahmsloser Stimme. Er fragt sie besorgt, ob sie eine antiseptische Creme aufgetragen habe. Sie lacht auf. Er drückt seine Lippen auf das gequälte Fleisch. Sie lässt es geschehen, dann macht sie sich plötzlich von ihm los und verschwindet durch eine Tür. Als sie durch eine andere Tür wieder aus dem Badezimmer heraustritt, sagt er zu ihr: Als ich Ihnen das erste Mal auf der Straße begegnet bin, war Ihnen kalt, vielleicht erinnern Sie sich nicht mehr. Sie flüstert: Komm, dann zieht sie ihn ins andere Zimmer: ihr Schlafzimmer. Er sieht seinen alten Mantel auf dem Bett liegen. Sie sagt ihm, seit ihrer ersten Begegnung wickle sie sich beim Schlafen darin ein.

14 Nach den Einladungen ins Restaurant, nach den Spaziergängen entlang der Quais oder zu den Flohmärkten, nach der Fahrt mit dem Ruderboot im Bois de Boulogne und nach den Kinoabenden nimmt er sie mit zu sich nach Hause. Sie wird nie wieder in ihre Wohnung zurückkehren.

Ihr rutscht das Kleid von den Schultern. Er trägt sie zu seinem Bett, nimmt ihr Gesicht zwischen seine Hände, verfolgt aufmerksam ihren Blick, reibt die Spitze seiner Nase an der ihren, küsst ihre Augen, leckt ihre Zunge, saugt an ihrer Brust, atmet ihren Geruch und dringt in sie ein, wie man in einen brennenden Fluss springt.

15 Er hat nur noch Augen für sie. Seine Freunde versuchen Kontakt zu ihm aufzunehmen. Er geht ihnen aus dem Weg. Spät in der Nacht, wenn eins nach dem andern die Lichter in den fremden Wohnungen erlöschen, führt er ihr den ganzen Mankiewicz vor, den ganzen Bergman, den ganzen Hitchcock und die Walt-Disney-Filme, die sie als Kind nicht hatte sehen können. Sie schmiegt sich an seinen Oberkörper und stopft sich mit einer affektierten, lächerlich-rührenden Vulgarität Popcorn in den Mund. Sobald ein Film zu Ende ist, klatscht sie in die Hände, stampft mit den Füßen und piepst: Noch mal, noch mal. Der Film spult zurück. Und alles fängt wieder von vorn an. Bambis Mutter ist wiederauferstanden. Faust ist wieder jung. Liv Ullmann kämmt sich wieder mit nacktem Oberkörper vor einem Spiegel. Ingrid Bergman küsst noch einmal voller Inbrunst Humphrey Bogart. Dann verlieren sie sich einer im anderen, ohne noch genau zu wissen, wem jenes Bein, jener Rücken, jene Brüste gehören, sehen einander erstaunt an, klatschnass vor Schweiß, Speichel und Sperma, und bleiben liegen, ihr Kopf immer auf seiner Brust, und in der Wehmut der Nächte, von denen sie wünschten, sie würden niemals enden, erfinden sie Gründe, die Welt zu verabscheuen, die sie vor Leid bewahren sollen. Er weiß, dass sie gekommen ist, weil er Geld hat. Aber es ist nicht wie bei seinem Vater und seiner Mutter. Nein, es ist etwas anderes, das in einen dunklen Schleier gehüllt ist, verbrannt mit der Kindheit, über die er rein gar nichts weiß. Im Bett, eng an sie geschmiegt, betrachtet er den weißen Flaum, der ihre Arme überzieht. Ihr Profil wirkt so sanft, wenn sie schläft. Die goldene Flut ihrer Haare fällt ihr über die Augen. Welche Wege musste sie gehen, welche Irrwege, um sie selbst zu werden? Entsetzlich einsam, abhängig wie ein Kind von lieben Worten und Zärtlichkeit. In der Obszönität plötzlich schamhaft. Sie beginnt einen Satz und hält plötzlich mitten im Reden inne, sieht ihn an, mit weit aufgerissenen Augen, einem charmanten Lächeln.

Ich denke oft an dieses Gesicht meiner Mutter. Ihr verlorenes Gesicht. Wie auf manchen Fotografien, ihr Gesicht aus der Zeit, als mein Vater sie liebte. Es war ein runderes Gesicht, ein Gesicht, auf dem die Falten eines sehr alten, sehr tiefen Kummers glatt gestrichen waren, das Gesicht eines Menschen, der sich von etwas zerstören ließ, das nicht in der Kindheit geschrieben stand, etwas, das noch undurchsichtiger war als die Irrungen, als der Verlust des Kontakts zu sich selbst, als die Dinge, die sie sich ausgedacht hatte, um dem Allerschlimmsten zum Trotz zu überleben. Es lag eine Sanftmut in ihren Augen, und ich kann mich nicht entsinnen, dass sie mich je schon einmal so sanftmütig angesehen hätte, eine Sanftmut, der ich lange hinterhergelaufen bin, bis ich das Schreiben an seine Stelle setzte. Für einen Augenblick verliert sich mein Blick noch im Dunkel des Gesichts meiner Mutter, dann verschwindet alles. Alles verlischt. Harry betrachtet sie. Sie schläft. Mit einem Finger streicht er ihr die Haare aus dem Gesicht, küsst den Schatten, der ihren Wangenknochen herausmeißelt, vergräbt sein Gesicht in ihrem Hals, herzt sie, wiegt sie. Sie öffnet die Augen, blinzelt völlig schlaftrunken. Er sagt zu ihr, dass sie seine Liebe ist, seine kleine Fickprinzessin, dass er verrückt nach ihr ist, dass er Angst hat, sie zu verlieren, dass er genau weiß, dass alle Männer verrückt nach ihr sind, dass das gar nicht anders sein kann, nicht nur, weil sie einen so erschreckend schönen Körper hat, sondern wegen der unbestimmten Lust, alles zu verbrennen, die einen überbekommt, wenn man diesen Körper zu lange in den Armen hält, er lacht fast, als er das sagt. Sie antwortet nicht. Sie sagt nichts. Er fordert sie auf: Sag etwas. Da sagt sie nur, dass er sie nehmen soll, noch einmal, jetzt, sofort, ganz dringend.

Er wirft sich auf sie, fährt mit der Zunge über ihre Brustwarzen, beißt ihr in die Achseln, knabbert an den Innenseiten ihrer Schenkel, steckt den Finger tief in ihre Vagina, leckt sie zärtlich.

Seine Hände zittern. Sein Hals wird rot. Er verdreht die Augen. Sie hebt einen Arm, legt ihn über ihre Stirn, verbirgt das Gesicht in ihren Haaren. Wirft den Kopf hin und her. Erschauert, als habe sie ein Fieber ergriffen. Unterdrückt einen Schluchzer.

Sie entschuldigt sich, verwirrt über sich selbst, stottert, sie begreife nicht, was da gerade geschehe, sie habe noch nie so weinen müssen, schon gar nicht wegen einem Kerl.

Später erzählt sie. Von der Lust zu sterben, die vor einigen Jahren in ihr aufgekeimt war, als sie durch Straßen ging, in denen Barrikaden errichtet wurden. Eines

Nachts hatte man Autos angezündet. Schwarzrote Fahnen schlugen im Wind. Junge Leute, die Helme trugen, bewaffnet mit Eisenstangen oder Mülleimerdeckeln, brüllten in dem gelben Tränengasnebel herum. Man hatte die Börse mithilfe von Holzbohlen erstürmt. Überall war Blut. Verwundete. Die Leute rannten, schrien, liefen den Boulevard Saint-Michel hinauf. Sie dagegen ging zur Seine. Sie wollte sterben. Sie sagt nicht aus welchem Grund. Sie sagt nur: Ich war gerade nach Paris gekommen, aus Dänemark, ich wollte sterben. Und dass ihr das jetzt wieder in Erinnerung gebracht wird, diese Traurigkeit von damals, durch die Lust, die er ihr schenkt, aber dass sie nicht weiß warum. Er fragt sie, ob sie vom 24. Mai 1968 rede. Sie sagt: Ja, vielleicht, ich weiß nicht mehr. Er sagt, in jener Nacht sei er unter den Helfern gewesen, die gekommen waren, um die Verletzten zu versorgen, und dort umhergerannt, mit Antiseptika, Verbandsmaterial und medizinischem Gerät, das er in der Klinik gestohlen hatte, und dass sie sich damals vielleicht über den Weg gelaufen sind, ohne einander zu sehen. Vielleicht, sagt sie. Sie sagt nichts mehr. Da küsst er ihre Augen, sagt ihr, dass sie ein Verstoß gegen das Gesetz des Tages ist, sagt, dass er ihre Tränen trinken wird und dass sie nicht mehr weinen wird, dass sie schön ist, und rein, dass sie seine große Freude ist, dass es nicht erlaubt ist, so glücklich zu sein, dass er ihr zeigen wird, was ein gutes Leben ist, dass er voller Mut ist, so sehr wie noch nie, dass er sie lieben wird, obwohl sie so viel Nacht in sich trägt, obwohl sie ihm solche Angst macht, denn das gehöre bei der Liebe dazu.

Dann schlafen sie, eng ineinander verschlungen, wieder ein.

16 Er will sie ständig an sich gedrückt halten und gleichzeitig der ganzen Welt zeigen, wie schön sie ist. Sie gehen aus dem Haus. Überall starren die Leute sie an. Drehen sich im Vorbeigehen nach ihnen um. Harry ist stolz auf den Ausdruck, den Èves glänzende Ausstrahlung ihnen auf die Gesichter zaubert. Eines Abends, im Gedränge der tanzenden Masse einer Disko in Saint-Germain-des-Prés, umarmen und küssen sie sich, lassen alle Scham fallen.

Schließlich geht Harry von der Tanzfläche, um etwas zu trinken zu holen. An die Wand gelehnt, ruft ein Stammgast ihm zu: »Wo hast du denn diese schöne Schlampe aufgetrieben?«

Als Harry nicht antwortet, spottet sein Gegenüber mit geschwollenen, alkoholgeschwärzten Lippen:

»Pass bloß auf, die wird dich aussaugen bis aufs Mark, das hat schon angefangen, schau dich doch an, Dicker, wie mager du geworden bist.«

Er greift nach Harrys Brust und tut so, als wolle er ihm sein noch pulsierendes Herz ausreißen. Kurz darauf liegt der Kerl auf dem Boden. Aus seiner Nase spritzt Blut.

»Wenn du sie noch ein Mal beleidigst, mach ich dich kalt.«

17 Leben ist die Gesamtheit all derjenigen Funktionen, die dem Tod Widerstand leisten. Diesen Satz kennt jeder Mediziner. Man kann ihn in einer Abhandlung zur Physiologie lesen, geschrieben von einem Mann des 18. Jahrhunderts, Xavier Bichat, der im Alter von achtundzwanzig Jahren bereits als Arzt im Hôtel-Dieu tätig war und eine *Abhandlung über die Membranen* sowie die *Physiologischen Untersuchungen zum Leben und zum Tode* und die *Allgemeine Anatomie* geschrieben hatte, ein wahres Monument. Mit unglaublicher Begeisterung führte er innerhalb von sechs Monaten sechshundert Autopsien durch und erstellte Pläne für einen allgemeinen Kurs in Pathologischer Anatomie, bevor er einem Typhusfieber zum Opfer fiel – er hatte den Eifer so weit getrieben, im Autopsiesaal zu übernachten. Manchmal weiß niemand zu sagen, wann es begonnen hat. In genau welchem Augenblick wir, anstatt weiter voller Bedauern die Erinnerungen aus Kindheit und Jugend durchzukämmen, in der wir weder die Liebe noch die affektive Sicherheit bekamen, die wir so sehr gebraucht hätten, und statt uns den allgemeinen Lebensproblemen eines Erwachsenen zu stellen – dem Scheitern, den Gegenschlägen, den Augenblicken der Entmutigung –, mit liebenswerter Folgsamkeit beschließen, uns der Leidenschaft und der Zerstörung einer Welt zu verschreiben, und uns, indem wir uns der Leidenschaft und der Zerstörung dieser Welt verschreiben, bereit erklären, bei diesem Unterfangen zu sterben. Die Liebe wird manchmal zum Vektor dieses perfekten Verbrechens.

Im Winter erleben sie viel Schönes. Ève und Harry wohnen zusammen. In dieser Ära zwischen Pille und Aids, in der man in ihren Kreisen mit jedem, der willig ist, ins Bett geht, aus Lust wie aus Neugier, versprach sie ihm, keinen anderen Mann mehr zu treffen, keine Erotikfotos mehr zu machen, sie gab sogar die Schlüssel ihrer Zweizimmerwohnung zurück. An dir zu zweifeln, schreibt er ihr, hieße am Sinn des Lebens selbst zu zweifeln. Ich schwöre dir, antwortet sie ihm auf einem Stück Papier, das sie diskret in seine Jackentasche steckt, solange ich lebe, werde ich nur dich lieben. Eines Nachts erwacht er plötzlich schweißgebadet. Im Bett ist sie nicht mehr. Ihn überläuft ein Schauder, als er durch den Flur geht. Er betritt die Küche. Niemand. Öffnet die Badezimmertür. Dort ist sie auch nicht. Er geht ins Wohnzimmer. Sie sitzt auf dem Boden, wiegt sich vor und zurück, den Blick starr auf den vor ihr ausgebreiteten Schmuck gerichtet, alles Geschenke von ihm. Er geht in die Hocke, legt ihr die Hand auf die Schulter: Ève, was machst du da? Aber sie sieht ihn nicht. Ève? Schließlich dreht sie ihm den Kopf zu, und mustert ihn mit totem Blick. Er schüttelt sie. Schatz, mein Schatz. Da antwortet sie mit einer Stimme, die er von ihr nicht kennt, mit der Stimme einer kaputten Puppe, dass sie ihn betrachten und anfassen muss, all den Schmuck, den er ihr geschenkt hat, dass ihr das guttut, dass es sie beruhigt, dass es bedeutet, dass er sie wirklich liebt, sie ganz arg liebt, und dass er sie nie verlassen wird. Er drückt sie fest an sich, entsetzt. Aber wie kannst du glauben, dass ich dich verlassen werde? Ich liebe dich mehr als mein Leben. Wir werden uns nie verlassen.

Sie hängt sich ihm an den Hals, schlaff wie eine Puppe.

18 Dann ist es Frühling. Die Tage spiegeln einander, immergleich, immer intensiv. Ich bin fast schon zu spät dran, sagt er zu ihr. Ich will dich, antwortet sie mit einer bewundernswert trotzigen Miene, jetzt, sofort. Fick mich, mein Schatz. Er setzt sie sanft aufs Waschbecken, hebt ihren Rock. Er ist zu spät dran. Er ist glücklich. Eines Abends kommt er früher als üblich nach Hause. Wie fünfundzwanzig Millionen andere Fernsehzuschauer sehen sie sich gemeinsam das Fernsehduell nach dem ersten Wahlgang an, in dem Giscard d'Estaing François Mitterand mit der Bemerkung aus dem Konzept bringt: »Sie haben nicht das Monopol des Herzens.« Dann diskutieren sie, Kopf an Fuß, auf dem Sofa. Was sie heute gemacht hat? Ach, nur ganz banale Dinge, nur ein paar Einkäufe, um die Wohnung zu möblieren, wie es ihm gefallen könnte, denn sein Zuhause, das sei ab jetzt, so hat er ihr gesagt, auch ihr Zuhause, aber auch Kleider hat sie gekauft, die sie ihm einzeln vorführt, was ihn begeistert. Sie im beigen Minikleid. Sie im malvenfarbenen Rüschenrock. Sie im knabenhaften Smoking. Sie, die Schönheit, in der sein Blick sich verliert. Er wirft sie aufs Parkett, beugt sich über das geliebte Gesicht, lässt seinen Mund ihren Bauch entlangwandern. Sie öffnet die Schenkel, heiß, obszön. Er lässt ihr Schamhaar zwischen seinen Fingern knistern. Die Lippen ihres Geschlechts, sonst blassrosa, sind heute Abend seltsam offen, explosionsartig erblüht wie Pfingstrosen.

19 Der Sommer vergeht, in der immer wieder auf-flammenden Inbrunst einer Liebe, die sich allem verweigert, was nichts mit ihr selbst zu tun hat. Harry feiert seinen einunddreißigsten Geburtstag. Er beschließt, Ève seinen Eltern vorzustellen. Auf der Freitreppe des Schlosses erscheint ein Würgeengel, im kleinen weißen Kostüm, ihren Taschenhund in der einen Hand, einen Weidenkorb in der anderen. Bei Tisch, wo ein jeder sie scharf beobachtet, macht der Engel, der seine schwarzen Federn versteckt und seine Haare geglättet hat, eine hervorragende Figur. Dann fragt Louise, die Ève mit dem Skalpell ihres blauen Auges mustert: Sie sind Jüdin, sicher Aschkenasim, woher stammen Ihre Eltern? Meine Eltern sind tot, sagt Ève mit ihrem rauen Akzent. Mein Vater wurde deportiert, dann verschwand er auf einer Expedition nach Afrika. Meine Mutter ist kurz darauf ebenfalls verstorben. Ach, so ein Elend, warum nur? Ach, wissen Sie, es gibt kein Warum, so ist das Leben. Alle nicken. Dann haben Sie also keine Familie? Nein, ich habe niemanden. Ich bin immer allein gewesen, aber jetzt, mit Harry, fühle ich mich weniger allein. Also, dann ist es eine *Mitzwa*, sie bei uns zu empfangen, sagt Joseph mit einem väterlichen, liebevollen Lächeln zu ihr. Nehmen Sie noch ein wenig vom Gebäck, hausgemacht, von Louise. Mit Ihnen ist die Sonne zurückgekehrt. Schauen Sie doch nur, was für ein herrliches Wetter. Das Schwimmbad ist wunderbar. Ich hoffe, sie haben Ihren Badeanzug dabei?

Ja, sie hat einen mitgenommen. Als Ève mit einem lauten »Yippie!« ins Wasser springt, nackter Busen, sonnengebräunte Haut, in ihrem winzigen gehäkelten Monokini, hätte Louise fast ihren Tee wieder ausgespuckt. Judith kehrt vornübergebeugt ins Wohnzimmer zurück, um bei weit aufgerissenen Fenstern einen heroischen und brutalen Rachmaninow zu spielen. Joseph spürt das Blut in den Schläfen pulsieren. Hinter seiner Sonnenbrille versteckt, sagt Armand kein Wort. Aber am Abend, als alle im Bett sind, schlägt er Ève und Harry vor, noch ein letztes Glas zu trinken. Er beglückwünscht die Liebenden in einer langen Ansprache. Stößt auf ihre Gesundheit an. Sie trinken. Er bringt sie zum Reden, lacht herzlich, fasst seinen Bruder am Arm, will ganz genau wissen, wie Ève und er sich kennengelernt haben. Seine Stimme klingt mit der Zeit immer trauriger. Er gurrt fasst. Und lächelt sie an, verloren. Dann verabschiedet er sich von ihnen und verschwindet kurzatmig im Badezimmer. Erst spät in der Nacht verlässt er es wieder, die Haut an den Fingern von Reinigungsmitteln verätzt.

20 Nach dem Wochenende geht sie wieder, und obwohl es kaum einer bemerkt, fühlt sich jeder ohne ihre Schönheit verwaist. Joseph schließt sich ein, um seinen jüdisch-arabischen Lieblingsliedern zu lauschen. Louise schwelgt in unglaublichen Liebesträumereien von einem Baron mit hagerem Gesicht. Armand ist überraschend wohlwollend und nett zu allen Leuten. Judith spielt ihren Chopin mit einer fieberhaften Sanftheit, dann geht sie in dem riesengroßen Rosengarten spazieren, um heimlich Tränen zu vergießen.

Sie geht fort, aber sie wird wiederkommen. Sie ist wieder da, bringt alles mit ihrem anziehenden Charme zum Strahlen. Sie spricht wenig. Das braucht sie auch nicht. Ihr Erscheinen ist genug. Schon wird sie von allen umkreist wie ein obskures Objekt, stets umworben, niemals erobert, das aber vielleicht schon in der Ecke gekauert hatte, bevor alles begann. So vergeht ein Jahr. Ève lernt von Louise, wie man Krapfen macht. Ève schließt sich mit Joseph im Rauchzimmer ein, wo er ihr alle Feinheiten der Chaâbi- und Malouf-Musik beibringt. Ève hört Joseph höflich zu, wenn er sich in besessenen Tiraden über den Vietnamkrieg ergeht, über den Benzinpreis, die Bettenverwaltung in den Krankenhäusern und Kliniken,

die Entstehung der Rettungsdienste und Notfallstatio-
nen. Es gelingt ihr nicht, nett zu Judith zu sein – zwei
blonde Frauen am Rand eines Schwimmbeckens, in ihrer
Vorstellung ist das eine zu viel. Aber wenigstens gelingt
es ihr, zu ihrem Hündchen nett zu sein, das sie mit Süßig-
keiten vergiftet, und zwar so gründlich, dass es überall
hinzupinkeln beginnt. Diabetes.

21 Eines Nachmittags im Juni 1975 hält Armand an einer Tankstelle in der Avenue Victor-Hugo, um einmal vollzutanken. Der Tankstellenbesitzer kommt auf ihn zu und herrscht ihn an: Hören Sie, Monsieur, Sie können das doch nicht zulassen, dass ihr kleiner Bruder mit diesem Mädchen da rummacht, sie hat ein Zimmer, einen Platz in der Rue de la Faisanderie, jeder weiß das, sie ist eine Nutte. Zehn Tage später übergibt ein Detektiv Joseph einen Briefumschlag. Darin sind Fotos von der jungen Frau, die sie seit einem Jahr bei sich empfangen und die sie behandeln wie ihre eigene Tochter. Darauf ist Ève zu sehen, wie sie am Arm eines Mannes mit Schnurrbart aus einem Wohnhaus tritt. Ève in einer Hotelbar mit dem Fotografen, den sie eigentlich nicht mehr treffen sollte. Ève, wie sie in ein Auto mit dem Kennzeichen »diplomatischer Dienst« steigt. Ève, die weder Jüdin noch Dänin ist. Sie wurde in einem Vorort im Norden von Paris geboren.

22 PARIS, 19. JUNI 1975
~~Madame, Mademoiselle ...!!!~~

was soll man da sagen, Sie sind unrettbar verloren. Sie haben die schwarze, perverse Seele einer Schlange, die so tut, als sei sie ein Reh. Was auch immer mein alter Vater, den Sie mit Ihrem Charme an der Nase herumgeführt haben, wie so viele andere auch, darüber denken mag, aber ich finde keine Entschuldigung für das, was Sie getan haben. Gar keine. Sie sind nur eine Konkubine in den Händen eines kleinen Jungen, der nie ein Mann sein wird. Ich bin Harrys Bruder. Und im Namen meiner Familie, im Namen des Zustands, in den sie meinen Bruder versetzt haben, schwöre ich Ihnen: Sie werden niemals Teil unserer Familie sein. Wir werden Sie nicht mehr empfangen: weder morgen noch an irgendeinem anderen Tag.

AC

23 Harry wankt. Er geht ins Badezimmer. Stürzt ins Schlafzimmer. Betrachtet den Stuhl, auf dem sie morgens immer beim Frühstückstee saß. Er drückt Èves Kleider fest an sich und bricht zusammen.

24 Sie war nicht zurückgekehrt. Hatte sich von einem Tag auf den anderen in Luft aufgelöst. Er war zu ihrem Studio in der Rue de la Faisanderie gegangen. Hatte lange Stunden gewartet, vor ihrer Tür sitzend, auf ihrem Fußabtreter liegend, bis die Hausmeisterin ihm mitgeteilt hatte, dass die junge Frau, die dort wohnte, fortgegangen war, ohne eine Adresse zu hinterlassen.

Harry schläft nicht mehr. Er isst nicht mehr. Er bleibt im Bett liegen, zusammengerollt, verloren in der schwarzen Dunkelheit. Beneidet Menschen, die vom Blitz erschlagen wurden. Wünscht sich seinen Tod herbei. Er liebt sie bis zum Verbrechen. Er ist angewidert. Ruft sich die Kindheit mit seinem Bruder in Erinnerung. Sieht ihn spöttisch lachen. In der Dunkelheit streckt er die Hände aus und bekommt nur sein hoffnungsloses Begehren zu packen. Er weint, brüllt seinen Namen, verflucht sie, bettelt um ihre Rückkehr. Vor seinen schreckgeweiteten Augen zieht die grausame Süße der verlorenen Tage an ihm vorbei, die Tage, an denen sie ihn, während er an ihr Glück glaubte, bereits angelogen hatte, ihn folglich in allem angelogen hatte. Er riecht an dem Kopfkissen, in dem noch der Geruch ihrer Haare hängt, stellt sich ans Fenster, lauert auf ihre Rückkehr, glaubt sie auf der Straße zu sehen, rennt wie ein Irrer hinunter vors Haus, niemand, bleibt verloren auf dem Gehsteig stehen, im Pyjama, kehrt wieder in seine Wohnung zurück, stürzt sich trinkend in den Abgrund. Er spricht nicht mehr, weder mit seiner Mutter noch mit seinem Bruder. An seinem Bett duldet er nur die Anwesenheit seines Vaters. Joseph betrachtet seinen Sohn, vernichtet, in sich gekehrt, vielleicht so, wie man sich plötzlich wieder erinnert, auf was die ganze Menschheit zusammenschrumpft, wenn man sich aus Liebe sterben lässt. Der Vater fleht seinen Sohn an, mit ihm zu reden. Da spricht der Sohn endlich und sagt zu seinem Vater, die arrangierte Ehe mit seiner Mutter sei übelste Prostitution. Joseph geht aus dem Zimmer. Als es Tag wird, kommt er seinen Sohn noch einmal besuchen und reicht ihm einen Zettel. Das hier, sagt er zu ihm, ist die letzte bekannte Adresse dieser Frau.

25 Er sieht sie das Törchen zu einer Grünanlage aufdrücken. Er sieht sie, und in dem Augenblick liebt er sie wie am ersten Tag. Er sieht sie und steigt aus dem Auto, in dem er sich seit Stunden versteckt. Er sieht sie und läuft ihr wie ein Hund hinterher. Er ist außer Atem. Er hustet. Er geht ihr hinterher. Er rechnet damit, sie am Arm eines Mannes zu ertappen. Sie setzt sich auf eine Bank, neben eine alte Frau, die nicht nur krank, sondern auch völlig verwirrt zu sein scheint, und schließt sie lange in ihre Arme. Er geht auf die beiden zu. Als Ève Harry wahrnimmt, das eingefallene Gesicht, die verwuschelten Haare, die irren Augen, bricht sie in Tränen aus. Sie hatte ihm nie erzählen können, dass sie drei Mal die Woche loszog, um sich um ihre verrückte Mutter zu kümmern, dass sie sie aus der psychiatrischen Klinik herausgeholt hatte und dass sie ihr eine Zweizimmerwohnung finanzierte, von dem ganzen Geld, das zu verdienen sie sich geschworen hatte, egal wie. Sie hatte ihm nie gestehen können, dass ihr Vater erst nach Buchenwald und dann nach Schönebeck deportiert worden war, dass er aber keineswegs Jude war, dass er immer noch lebte, irgendwo in Westafrika, wo er, wenige Jahre nach dem Krieg, von einem Tag auf den anderen verschwunden war,

um seine Schande zu begraben, dass er seither das Leben eines Dreckschweins führte und unter dem Deckmantel eines Fotostudios afrikanische Mädchen vögelte. Dass sie mit dreizehn von der Schule abging, nachdem er sie aus dem Internat herausgeholt hatte, in dem sie langsam vermodert war. Dass sie in ihrer Jugend ein paar Jahre an seiner Seite gelebt hatte, an der Elfenbeinküste, wo er alles Mögliche gewesen war, nur kein Vater, bevor sie vor ihm geflohen war, nach Amsterdam, wo sie vielleicht, oder vielleicht auch nicht, begonnen hatte, sich gelegentlich zu prostituieren, und dann wahrscheinlich trotzdem nach Dänemark gegangen war, ein Land, das sie aus Gründen, die sie mit sich ins Grab nehmen wird, als Geburtsland auserkoren hatte, bevor sie dann im Mai 68, während der Ereignisse, nach Paris kam. Sie hatte immer behauptet, sie hätte beide Eltern verloren. Die Wahrheit war zu abscheulich. Sie hatte sich zu sehr geschämt. Diese Scham hatte sie dazu gebracht, sich in ein trauriges Theater aus phantastischen Lügen einzusperren. Sie hatte sich in ihrem Leben so oft mit den Eigenschaften einer anderen ausstaffiert, um überleben zu können, dass sie am Ende begonnen hatte, selbst an ihre Lügen zu glauben.

26 Am 19. Dezember 1975 heiraten meine Eltern heimlich. Es wird behauptet, die Angestellten des Rathauses seien die einzigen Trauzeugen gewesen. Danach ruft Harry seine Familie an. Ève ist von nun an meine Frau, sie ist schwanger mit unserem Kind, ich werde nie wieder zulassen, dass ihr sie beleidigt, ihr müsst euch damit abfinden oder ihr lasst es bleiben. Die kriegsmüde Familie widersetzt sich nicht länger ihrer Verbindung. Auf den Fotos, die bei meiner Geburt geschossen wurden, sehen wir alle sehr glücklich aus. Im Märchen endet hier die Geschichte. In der gewöhnlichen Tragödie nimmt genau hier alles seinen Anfang.

27 Das Baby liegt in seiner Tragetasche, im Schatten eines Kirschbaumes. Es schläft nicht, sondern brabbelt vor sich und spielt dabei mit seinen Füßen. In dieser Stunde vollkommener Ruhe sind die anderen auf ihren Zimmern geblieben und dösen dort ein wenig, noch satt vom Mittagessen. Harry liegt beim Schwimmbecken auf den Fliesen, die Augen halb geschlossen. Seit einigen Wochen zwingen ihn Müdigkeitsattacken, öfter als gewöhnlich eine Siesta einzulegen. Er schläft mitten am Tag ein und schreckt plötzlich hoch, außer Atem, in säuerlichen, heftigen Schweiß gebadet. Das muss das Wetter sein. Das kann nur das Wetter sein. In diesem Sommer 1976 herrscht brütende Hitze. Die Normandie hat sich zur Wüste gewandelt. Es sind Risse im Boden entstanden. Auf dem Land ist alles versengt. Überall fehlt das Laub. Man hat Bäume gefällt, um den Kühen die Blätter zu fressen zu geben. Sogar die Armee wurde geholt, um beim Heutransport zu helfen. In den Kirchen im Departement Eure flehten die Priester den Herrgott an, er möge ihnen Regen schicken.

Ève steigt aus dem Wasser. Ihre milchprallen Brüste verleihen ihrem Körper eine neuartige Sanftheit. Sie war noch nie so schön. Sie geht zu dem Baum, beugt sich über das Körbchen, sagt vielleicht: Die Kleine schläft. Harry, der auf den Fliesen liegt, sieht zu seiner Frau hinüber. Die Sonne blendet ihn. Er legt die Hand wie einen schützenden Schirm über die Augen. Ein schwarzer Schatten gräbt sich in seine Augenhöhlen und füllt die Augen mit Asche. Ève zieht ihren Badeanzug aus. Er lächelt und zieht sich ebenfalls nackt aus. Sie legt sich auf ihn. Aus ihren Haaren tropft kühles Wasser und benetzt Harrys Wangen, seine Nase und seine Augen. Er packt ihre Pobacken. Ihre Münder suchen einander. Ihre Finger verschränken sich. Sie bewegt wellenartig ihr Becken. Sie lachen. Plötzlich raschelt es im Obstgarten nebenan. Ève, die rittlings auf Harry sitzt, bemerkt Armand, der auf allen vieren im Gras hinter einer Buchsbaumreihe hockt und sie bespitzelt. Sie küsste ihren Mann mitten auf den Mund, dann wirft sie ihrem Schwager, der erstarrt, ein unbestimmtes, irreales Lächeln zu. Die Lust verzerrt ihr Gesicht. Das Baby, eingezwängt in sein Körbchen, beginnt, schrill zu schreien.

28 Für den Sarg hatte man das einfachste Holz ausgesucht. Es umstehen so viele Leute die Grube, dass einige Personen gezwungen sind, auf den Platz zwischen den Gräbern auszuweichen. Viele junge Männer und Frauen Anfang dreißig sind da, in Tränen aufgelöst halten sie einander bei den Schultern, ganz so, wie man trauert, wenn ein junger Mensch stirbt. Jeder erzählt von der letzten Begegnung, erzählt, was man gemacht hatte, was er gesagt hatte, als wollte man sagen: Hier, so und so war dieser Mann, das und das weiß ich über ihn, das und das war ich für ihn, und jeder sagt immer wieder, er war so lebenslustig, so freundlich, ich sehe ihn noch, wie er dieses oder jenes tut, er war ein so guter Freund, so treu, so großzügig, so lustig, und es ist ungerecht, dass jemand so jung sterben muss, Kinder dürften nicht vor ihren Eltern sterben, nicht mit vierunddreißig, nicht, wenn sie eine Frau und ein Baby zurücklassen, das widerspricht dem eigentlichen Sinn des Lebens. Das gesamte Klinikpersonal ist da, von den Krankenträgern bis zu den Ärzten. Es tobt gerade der Libanonkrieg. Trotzdem stehen der Oberrabbiner von Frankreich und der Imam der Moschee von Paris Seite an Seite: In dem Moment, da das Gebet für den Verstorbenen gesprochen wird, halten sie einander bei der Hand.

Man munkelt, die Mutter des Toten habe nicht die Kraft gehabt zu kommen. Man sagt: Sie ist bettlägerig. Hat Beruhigungsmittel bekommen. Gestützt von seinem ältesten Sohn, ergreift der Vater das Wort, die Augen geschwollen, die Haut rot marmoriert, wirft die rituelle Handvoll Erde auf den Sarg. Und bricht schluchzend zusammen. Dann ist der Bruder an der Reihe. Zunächst vermag er nur zu stammeln: Mein armer kleiner Bruder, ein Taschentuch vor dem Mund. Dann reißt er sich zusammen. Seine höchst gelungene und gefühlvolle Rede, in der er die Stationen im kurzen Leben seines kleinen Bruders schildert, bringt die Zuhörerschaft zum Weinen. Blass, in großer Trauer, tritt die Frau des Verstorbenen ans Grab, greift sich auch eine Handvoll Erde, versucht den Mund zu öffnen, beginnt dann aber zu zittern. Sie beugt sich übers offene Grab, beugt sich noch weiter vor. Sie wird springen. Sie springt. Schreckensschreie.

Man stürzt herbei, hält sie fest, zieht sie aus dem Grab. Ihre Schwägerin geht zu ihr, zischt: Hör auf mit deinem Theater, ein bisschen Anstand, dann plötzlich die Ohrfeige.

Betroffenes Schweigen.

Die Zeremonie geht weiter. Anschließend defiliert der Trauerzug aus Cousins, Freunden, Kollegen und Freunden der Eltern am Grab vorbei. Eine Handvoll Erde nach der anderen fällt auf den Sarg, bedeckt allmählich das Holz. Und dann ist es vorbei. Während alle wieder unter einer herrlichen Sonne die zentrale Friedhofsallee hinaufgehen, wendet sich der Blick des Königs, dessen Füße bereits im Reich der Toten versinken, dem Grab seines Kindes zu, dann stützt er sich, in wenigen Nächten zum Greis geworden, humpelnd auf den Sohn, der ihm geblieben ist und der bald seine Krone tragen wird.

Und ich schaue zu, wie sie aus dem Friedhof kommen, die einen auf die anderen gestützt oder vielmehr die einen auf die anderen gestapelt; die Jauche ihrer Mittelmäßigkeit, der Lärm ihres Geheuls, die Bisse ihrer Eifersucht, die Schrecken ihres Kummers und ihrer Qualen verdienen kein Erbarmen. Sie wecken keinerlei Mitgefühl in mir. Sie gehen fort, und ich bleibe unter der Planke liegen, den Kopf für alle Zeiten dem grausamen Unbehagen der Erinnerungen zugewandt, die mir von jetzt an Grauen bereiten, sie gehen, und lassen mich zurück, dazu verdammt, im Flammengefängnis meiner Verblendung und ihrer Arglist umherzuirren, doch könnte ich sprechen, ich würde das Leintuch mit meinen Schreien zerreißen, ich würde diese Erdmasse von mir wegdrücken, die auf meiner Brust lastet und die ihr auf mich geworfen habt, um mich zum Schweigen zu bringen, und würde euch eine Geschichte erzählen, die euch das Blut zum Stocken brächte, mein Papa, *denn ich bin,* wo ist mein Papa, ich will meinen Papa sehen, *erinnere dich an mich, denn ich bin,* Papa komm zurück, *denn ich bin weder lebendig noch tot,* weder eine Tote noch lebendig, liege für alle Zeiten unter der hingeworfenen Grabplatte das Blut gefroren alle Erde im Mund verdammt umherzuirren ihr alle habt ihn getötet du aus Hass du aus Verzweiflung mein eigener Fehler mein Fehler nichts getan um all diese toten Menschen zu retten nichts getan was ich hätte sagen können um sein Leid zu lindern es gibt kein Vergessen keine Tür dieses Mal wird mich niemand erwischen niemand kann mich mehr töten das Leben bereits verloren aber wann war das bloß hab kein Herz mehr und keine Lunge *mein Körper wird verwesen* nichts fühlen wenn die Finger auf dem Gesicht nichts das Bett ist ein Sarg voller Scheiße in den Spiegel blicken nichts aber wie kann das noch denken wenn es schon tot ist sie haben alles berechnet dreckiges Scheißgeld das alles verdirbt wie kann man das einem Kind antun *da alles falsch ist von Anfang an war alles eine Lüge falsch die Liebe der Eltern falsch das Streicheln der Wange des Kindes falsch die Wiegenlieder die Zartheit vielleicht alles* dass sie sogar in diesem Moment darauf wartet dass ich verrecke wie sie es mit ihm gemacht hat und später er und ich auch ein Haufen schmutzigen Fleisches mein Gott es ist meine Schuld helft mir ich flehe euch an schlechte Gedanken schmutzige Person Abschaum verrecke böses Mädchen böse Enkelin, böse Nichte, böses verdorbenes Leben kontur- und *formlos diese Welt ist nicht die echte Welt* die Menschen auf den Straßen sind alle tot eine Maschine denkt stattdessen in dem riesigen Kopf groß wie ein Kindervergnügungspark piekst etwas piekst und verfault in den Armen sich entleeren bis wohin ganz ins Loch fallen alles ist verloren so kalt so Angst es gibt nichts mehr alles erlischt meine Hände sind nicht mehr meine Hände mein Gesicht löst sich auf alles löst sich auf alles schmilzt *so wie alle Zeichen unseres Ruhms und unserer Eitelkeit hinwegschmelzen in der auf den Kopf gestellten Welt wo wir alle schuldig sein werden, alle gierig, alle elend, alle verdammt ...*

124   In der Finsternis eines Hotelzimmers kommt eine ver-

lorene Stimme fünfundzwanzig Jahre später aus dem
Mund eines Körpers geflossen, der einst der meine war,
ganz wie er der seine war, liegend, die Füße zur Tür gerichtet, ein Nachtlicht am Kopfende eingeschaltet, und
den ich ansehe, zurückgezogen aus der Zeit, jenseits
der Welten und des Leids, die Hand in der Hand meines
Vaters, sein Gesicht auf meinem.

ZWEITER TEIL

1 PARIS, MAI 2020

Ich saß gerade in einem Zug, als mein Onkel, von dem ich seit beinahe zwanzig Jahren nichts mehr gehört hatte, mich anrief, um mir ohne Umschweife und in einem Satz mitzuteilen, man habe am Morgen meine Großmutter Louise beerdigt, ich würde erben und es sei ein Termin beim Notar wie auch in ihrer Wohnung vereinbart, da diese leerzuräumen sei. Genau in dem Augenblick, als ich nach einem Jahr im Exil nach Frankreich zurückkehrte, hatte man, ohne dass ich etwas davon ahnte, die Gruft geöffnet, in der sich bereits die Gebeine meines Vaters sowie die meiner Urgroßmutter befanden, um einen neuen Sarg daraufzustapeln, eine Gruft, in der ich, wie mein Onkel mir anschließend zuraunte, trotz aller Zerwürfnisse innerhalb unserer Familie immer einen Platz haben würde.

Ich antwortete ihm, dass ich den Termin wahrnehmen würde. Stieg aus dem Zug und steuerte, den Koffer hinter mir herziehend, eine Bank an. Setzte mich, um mir eine Zigarette anzuzünden. Mir zitterten unwillkürlich die Hände.

2 Die Japaner nennen dieses Syndrom, das durch einen Liebeskummer, einen Trauerfall oder ein intensives emotionales Schockerlebnis ausgelöst werden kann, *Takotsubo*, was »Tintenfischfalle« bedeutet, das Herz wird deformiert, die Muskeln werden schwächer und so träge, dass das Herz im wahrsten Sinne des Wortes bricht. Die Schockstarre eines Organs – im Fall des *Takotsubo*-Syndroms also die Schockstarre des Myokards – findet sich, übertragen auf die geistige Ebene, bei einem Fall besonders ausgeprägter Melancholie wieder, einer ängstlichen Depression, die im letzten Stadium verheerende Auswirkungen hat. Bei dieser psychischen Störung, bekannt unter der Bezeichnung nihilistischer Wahn, kann die Person infolge eines übergroßen Schocks überzeugt sein, dass sie keine Organe mehr besitzt oder dass einige von ihnen verfault sind, dass sie aber nicht sterben kann, weil sie nie geboren wurde. Ich bin sechsundzwanzig Jahre alt. Die Krankheit schlägt schon in früher Jugend zu, in einem Alter, in dem die Gesellschaft Sie auf die Welt bringen möchte. Anders gesagt, in einem Alter, in dem man von Ihnen die Bestätigung erwartet, dass das Leben fröhlich ist und frei, in dem Sie vor den entzückten Blicken der Eltern und Freunde das Schauspiel Ihrer

gesunden und lebendigen Organe aufführen sollen, und am Ende dann das Schauspiel des großen Welttheaters, in dem Sie die Rolle des optimistischen, leistungsstarken und eroberungswilligen Managers der eigenen persönlichen Legende spielen.

3 Damals war ich ein einziges Scheitern, eine einzige Hässlichkeit. Eine echte Versagerin. Ich meine damit diese besondere Form der moralischen Hässlichkeit, die infolge bestimmter Schocks plötzlich über einen hereinbricht. Wenn eine schwache Persönlichkeit des Öfteren solche Schocks erleidet, verwandelt es sie schließlich in einen Klotz aus gallertiger Antriebslosigkeit. Ich war zwar das Produkt eines Milieus, aber schon als Kind war ich auch das Produkt jener Schmerzen, die erwachsene Menschen nach einem Trauerfall zerstören können, ganz gleich, woher sie kommen. Wir lebten von Gespenstern umgeben. Wir machten unerbittlich Jagd auf sie. Als kleines Mädchen wurde ich hinter den verschlossenen Eisenzäunen des Schlosses meiner Großeltern Zeugin aller möglichen Streitigkeiten zwischen meiner Mutter Ève und meinem Onkel Armand, die sie wahrscheinlich zu unterdrücken versucht hatten, solange mein Vater und dessen eigener Vater noch lebten, die sich aber, nachdem alle beide nicht mehr waren, immer mehr aufgebauscht hatten, aus Gründen, über die niemand jemals ein Wort verlor, bis sie schließlich, wenn wir alle zusammenkamen, jedes Mal in einer so ungeheuerlichen Verzweiflung explodierten, dass es wie eine große Posse wirkte. Sie sprachen mit einer überwältigenden Herzlichkeit miteinander, brachen überraschend in Gelächter aus, spazierten fröhlich durchs Gras und über die Flure, die mit ihren alten Möbeln vollgestopft waren, doch dann warfen sie urplötzlich beim Essen ihre Servietten auf den Tisch, erhoben sich und gingen türenknallend jeder auf sein Zimmer, um sich dort zu verschanzen. Sobald meine Mutter wieder einen neuen Freund hatte – sie war viel zu schön, tauschte sie viel zu oft aus –, brüllte mein Onkel los, sie ziehe unseren Namen in den Dreck. Meine Mutter sammelte die Exkremente ihres Hundes ein und ließ sie meiner Tante im Päckchen liefern, mit dem Stempel ihres Lieblingskäseladens. Und so kamen und gingen die Jahreszeiten, verdammt bis in jene Ewigkeit eines Familienlebens.

Jede Geburt ist der beginnende Tod eines Ideals: Kinder werden niemals in allen Zügen eine Ähnlichkeit mit dem entwickeln, was ihre Eltern und Großeltern sich erträumt haben. Jede Erziehung ist ein Scheitern: Eltern und Großeltern verletzen ein Kind immer, oft sogar ohne es zu wollen. In unserer Familie geschahen vielleicht groteskere Dinge als in anderen, doch wenn man sich die Mühe macht, darüber nachzudenken, scheint der Hass, egal in welchem Milieu, auf die eine oder andere Weise stets auf die Auslöschung seiner verletzlichsten Mitglieder zu zielen. Es bekümmert mich nicht mehr, was mit uns geschah: außerstande zu vergessen, musste ich alles verzeihen. Mich bekümmert die Kunstfertigkeit, mit der Erwachsene ihre eigenen Kinder umbringen.

Gewiss, anfangs wehrt man sich, revoltiert man: Man will sowohl die Mutter als auch den Onkel lieben, sowohl die Mutter als auch die Großmutter, sowohl die Mutter als auch die Tante, sowohl die Mutter, die sich wie ein Kind aufführt, als auch die Kinder des Onkels (wie in anderen Familien will ein Kind sowohl die Mutter als auch den Vater lieben, koste es, was es wolle), und im Gegenzug möchte man verzweifelt von ihnen zurückgeliebt werden. Eines Tages geschieht dann die Katastrophe: Wir werden genötigt, uns auf eine Seite zu schlagen. Wenn du deinen Onkel, deine Tante, deine Großmutter und deine Cousins liebst, heißt das, dass du mich nicht liebst. Denn weißt du, die anderen, die liebten deinen Vater nicht, und sie lieben auch dich nicht, sie lieben nur das Geld.

Der Eifer schwindet. Wenn die Augen den Himmel suchen, müssen sie sich erst durch Dreck wühlen. Man hält der mütterlichen Hand die Treue: auch wenn sie uns schlägt, so ist sie es doch, die bei Tagesende an unser Bett kommt, unsere Wange streichelt. So war meine Mutter: hoch explosiv, dann wieder eine leere Hülle und manchmal die wunderbarste Mama aller Zeiten. Ich begriff schon recht früh, dass sie an ihre eigenen Lügen glaubte. Ich wagte nicht, ihr zu sagen: Ich weiß, dass du lügst. Ich hatte zu sehr Angst, dass sie das noch verrückter machen würde und dass man mich dann zu meinem Onkel oder zu meiner Großmutter schicken würde, die mich aber doch gar nicht liebten, wie sie immer wieder sagte, ständig, die ganze Zeit. Letztlich liebte ich sie, weil mein Vater und sie sich geliebt hatten. Ich litt unter den Verwüstungen, die sie anrichtete, wie man unter der Ohnmacht leidet, dass man nichts tun konnte, dass man seine Eltern weder heilen noch sie am Sterben hindern konnte. An manchen Tagen, an denen es zu sehr weh tat, existierte ich nicht. Ich war da, war gleich-

134 gültig gegenüber allem, wie ein löchriger Schlauch befand

ich mich in einer Szenerie, in der Krankheit und Tod wie ein Blitz eingeschlagen hatten, die Menschen aber weiterhin umherstolzierten wie hochmütige Riesen, deren Macht durch nichts angefochten werden kann.

Mein Vater war gestorben. Dann mein Großvater. Dann meine Urgroßmutter. Meine Großmutter und mein Onkel hatten neue Kliniken erworben. Das Geld wurde weiterhin für alles ausgegeben, was Freude macht, für alles, was man braucht, aber vor allem für das, was man überhaupt nicht braucht, woran man nicht einmal gedacht hatte. Es war ja nicht so, dass ich, wie viele dieser Kinder, die alles bekommen, was sie sich wünschen, verwöhnt und verzogen gewesen wäre. Nein, es war ganz anders: Man begrub mich ständig unter großzügigen Geschenken, um die ich gar nicht gebeten hatte, von denen ich nie geträumt hatte, so dass ich in einer Welt lebte, in der die Dinge genauso plötzlich auftauchten wie die Personen daraus verschwanden und wo ich im Übrigen, das dürfte bereits klar geworden sein, nicht wirklich gelebt habe.

Man sagte mir, ich sei eine Waise. Man sagte, es fehle mir etwas. Aber ich wusste nicht was. Man weiß, was man verloren hat, wenn man sich erinnert, es gekannt zu haben. Man weiß nicht, was man verloren hat, wenn das Verlorene schon immer verloren gewesen war. Wenn die Erwachsenen beschäftigt waren, woanders waren, ging ich still und leise ins Wohnzimmer, um die Fotografien meines Vaters zu betrachten, die auf einem Tisch neben dem Klavier standen. Ich ging an den gerahmten Bildern vorbei. Blieb nie ganz stehen. Betrachtete sie von der Seite und kniff dabei die Augen zusammen. Sobald ich vor den Fotos verweilte, sobald ich sie zu lange ansah, saß ich in der Falle.

Er sah weder lebendig noch tot aus.

Ein Bild, aber seiner Substanz beraubt.

Später erzählt man mir, was ich tat, wenn ich in der Klinik meiner Familie zu Besuch war. Sobald man zu mir sagte: Alle hier haben deinen Vater geliebt; oder: Dein Vater war ein sehr großer Geist; oder auch: Er war so generös und so freundlich, Es sind immer die Besten, die als Erste gehen, lief ich weg, die Hände auf den Ohren, um mich hinter einer Tür zu verschanzen. Ich wollte nicht, dass man mit mir über ihn sprach. Wenn man von ihm sprach, dann bestätigte das nur die Hypothese, dass es ihn früher tatsächlich einmal gegeben hatte, so dass es moralisch gesehen absurd erschien, weiterhin zu sein, statt nicht mehr zu sein, jeden Morgen die Augen aufzuschlagen, während er doch tot war. Aber ich erinnere mich nicht daran. Ich erinnere mich an gar nichts. Ich erinnere mich nur, dass ich mich schon als Kind an nichts erinnerte – weder an die Wärme seiner Arme noch an die Berührung seiner Finger, weder an sein Lachen noch an seine Art zu gehen, Lieder zu trällern, mich auf den Arm zu nehmen, um mir die Sterne zu zeigen, zu rauchen, sich zu ärgern, meine Mutter zu küssen, mit mir zu reden. Ich würde ihm zu meinen Lebzeiten nie begegnen. Das nahm ich ihm schrecklich übel. Eine kalte, stumme, trotzige Wut – in etwa so heftig, wie die Liebe gewesen wäre, von der ich alles vergessen hätte.

Ich wollte einfach nur allein sein. Nichts machte mir mehr Spaß als das. Die Erwachsenen sollten endlich den Mund halten. Ich wollte groß werden, so schnell wie möglich, fliehen, so weit wie möglich, eine große Liebe leben, schreiben. Oder sterben, auf einen Schlag, einen einzigen, ohne zu leiden.

4 Ich erinnere mich nicht mehr, in genau welchem Augenblick auch die Gestalt meines Onkels vom Horizont meiner Kindheit verschwand. Ich dürfte sechs Jahre alt gewesen sein. Mein Vater. Mein Großvater. Mein Urgroßvater. Die Menschen waren da und plötzlich waren sie nicht mehr da. Ihre Betten, ihre Kleider gab es noch, nur sie nicht mehr. Man ließ ihre Schlafzimmer, wie sie waren, rührte nichts an. Dann ist also mein Onkel vielleicht auch schon gestorben. Das verneinte man. Er lebe noch, weit weg. Im Schloss herrscht nun eine große Stille. Keine lautstarken Szenen mehr, kein Geschrei. Die faulen, trägen Tage ziehen sich in die Länge, in den Bäumen, am Schwimmbecken oder in den Weizenfeldern, mit Mama, herrlich und strahlend in ihren langen Kleidern und mit ihren großen Stiefeln. Wir spielen Sackhüpfen oder veranstalten Schubkarrenrennen. Wir füttern lauthals singend die Hühner und die Schafe. Bemalen Hufeisen oder Holzscheite und verwandeln sie dabei in phantastische Totems. Mama zeigt mir, wie man aus einem alten Besen, aus Topfdeckeln und den Schallplatten von Diana Ross und Cerrone Vogelscheuchen baut. In den Wäldern, durch die ich reite, verwandle ich mich in Actarus, Prinz der Sterne, den einsamen Reiter, der hoch oben, weit weg im

All, sämtliche Angriffe von Riesen und Bösewichten abwehrt. Am Abend schmiege ich mich an den dicken, duftenden und weichen Körper meiner Großmutter, die ein Taschentuch bestickt und dabei mit halbem Auge *Dallas* oder *Angélique, Marquise der Engel* schaut. Ich warte, bis sie einschlafen – zuerst meine Mutter und dann, viel später in der Nacht, auch meine Großmutter – und wenn sie endlich, wie versteinert, in den Schlaf sinken, steige ich so vorsichtig wie möglich aus dem Bett und gehe auf Zehenspitzen hinaus auf den verlassenen Flur. Und dann stöbert man in den Schlafzimmern der früheren Cousins herum, mit denen man sich immer Kämpfe mit der Nackenrolle geliefert hatte – jemand hat sehr wohl in ihren Betten geschlafen, sie sind noch körperwarm. Man drückt die Wange an ihre Plüschtiere, die man gerne haben würde, aber nicht zu klauen wagt. Auf dem Speicher hat ein Kind ein Porträt meines Vaters und meiner Mutter gründlich mit kleinen Pfeilen beschossen, das Kind ist aber nicht mehr da, sonst könnte es mir erklären warum. Ich gehe heimlich wieder ins Badezimmer meines Onkels Armand, um den Geruch seines weißen Bademantels einzuatmen. Ich verstehe nicht, wieso Mama sagt, dass er stinkt. In Wahrheit riecht er sehr gut.

5 Mit sieben Jahren war ich ein schmutziges, vernachlässigtes Kind, allein, aber glücklich. Ich lebte bei meiner Mutter und ihrem damaligen Freund. Sie hatte versucht, bei ihm – ich würde nicht sagen mit ihm – noch einmal ein neues Leben anzufangen, am Ufer des Genfer Sees, aus Freude an der frischen Luft, den Bergen und der Schweizer Schokolade, hatte sie mir versichert und, was gewiss viel wahrscheinlicher war, um sein Geld auszugeben, das in Wahrheit auch mein Geld war, versteckt vor den Blicken des Vormundschaftsrichters und der viel zu großen Familie väterlicherseits, die sie weiterhin auf Schritt und Tritt überwachten. Eines Nachts hatte ich seltsame Geräusche gehört. Meine Mutter schrie. Ich hatte Angst um sie. Ich dachte, man tue ihr weh. Aber was ich beim Blick durch das Schlüsselloch sah, ließ mich vor Schreck erstarren. Auf dem Bett meiner Mutter und ihres Liebhabers lag eine seltsame Form. Und diese seltsame Form, das waren sie. Sie waren dabei, etwas Abstoßendes zu tun, auf allen vieren, wie die Tiere. Die Erwachsenen waren schmutzig. Das Leben war schmutzig. Meine Mutter log wieder. Sie liebte meinen Vater nicht mehr. Sowas macht man nicht, wenn man jemanden liebt. Du kannst jederzeit einen anderen Mann haben, sagte ich zu ihr, ich

werde niemals einen anderen Vater haben. Der Wurm war in der Frucht. Tagsüber begann ich mit offenen Augen zu träumen. Nachts schlief ich nicht mehr. Der Irrsinn der Erwachsenen, das trostlose Dahinplätschern der Tage, die viel zu große Geschwindigkeit, mit der man im Laufe all dieser identischen Tagesabläufe so spontan wie möglich eine Reihe von aufeinanderfolgenden, sinnlosen Handlungen ausführen musste (aufstehen, sich waschen, essen, zur Schule gehen, von der Schule nach Hause kommen, seine Hausaufgaben machen, sein Zimmer aufräumen, sich waschen, zu Abend essen, schlafen), und das fortschreitende, schließlich in immer irrwitzigeren Intervallen stattfindende Verschwinden einer gewissen Anzahl meiner Familienmitglieder war am Ende der Grund für meine Annahme, dass man um jeden Preis an der Existenz festhalten musste. Letztlich an was auch immer festhalten musste. Ich ging zum Tanzunterricht; ich hörte auf zu tanzen. Ich mochte meine Lehrerin, hatte Spaß am Lernen; ich machte keine Hausaufgaben mehr, mochte sie nicht länger. Die Wochen vergingen, ich bewegte mich mit einer immer zähflüssigeren, klebrigeren Langsamkeit, die man mir immer mehr zum Vorwurf machte, von einem Zimmer ins andere, Gegenstände fielen mir aus der Hand oder rissen sich entsetzt los, gingen lieber kaputt, als meine Berührung zu ertragen.

Sie war lang, die Kindheit. Viel zu lang. Das wahre Leben, das große Leben, würde niemals kommen. Es gab also solche, die bereits in meinem Alter zu wissen schienen, wo sie hinwollten, die darüber sprachen und nie ziellos umherstreiften – weder sie noch ihre Eltern schienen jemals an sich selbst zu zweifeln. Ich beneidete sie so sehr. Ich war bereits zu dem Schluss gelangt, dass es mich zu sehr anstrengen würde, dass der Weg zu teuer war, zu schmerzhaft, und dass ich zu langsam und zu weich war für diese Welt. Eines Tages, als ich gerade in den Anblick des Wassers im Genfer See vertieft war, streifte mich ein Fahrrad. Kurz darauf war ich am Ertrinken. Bewohner der Stadt der Ruhe und Wohlanständigkeit, die nicht weit von der Stelle entfernt spazieren gingen, konnten mich erfolgreich aus dem Wasser ziehen, und entdeckten, wahrscheinlich auch aus Freude an der Ruhe und Wohlanständigkeit, eine für sie ersprießliche Verbindung zwischen Ursache und Wirkung, zwischen dem Vorbeifahren des Fahrrads und meinem unglücklichen Sturz. In Wahrheit – dabei war es mir jahrelang unmöglich, irgendetwas darüber zu sagen, ja ich konnte nicht einmal an das denken, was damals geschehen war – war ich damals gesprungen, getrieben von einem dieser morbiden Impulse, die still in meinen Kopf wüteten und mir meinen Kinderalltag zur Hölle machten: Lauf auf den Linien, Wenn du deiner Mutter sagst, dass dein Onkel dir fehlt, wird sie dich nicht mehr lieben, Erzähl Großmutter am Telefon nicht, dass deine Mutter dich schlägt, sonst wirst du sterben, Wenn du nicht über die letzte Stufe dieser Treppe springst, wird deine Mutter auch sterben, Wenn das Haus in Brand steht und du sollst wählen, ob du deine Mutter retten oder deinen Vater wiedersehen willst, wofür entscheidest du dich? Und was wäre, wenn du dich zwischen deiner Mutter und Miko entscheiden solltest? (Miko war mein Plüschbär), Sag »Wurst« im Unterricht, sonst wirst du sterben, und um ein Ende zu machen, um dem ein Ende zu machen: Spring. Ich erinnere mich nicht mehr an die Gesichter der Leute, die mir zu Hilfe kamen, noch an das, was meiner Mutter und dem Schweizer Mann erzählt wurde, als man mich tropfnass bei ihnen ablieferte, woran ich mich allerdings sehr gut erinnern kann, ist, dass ich an jenem Tag ein blaues Kleid mit Puffärmeln trug, dessen klatschnasser Stoff mir oben in die Arme schnitt. Niemand konnte die Tragweite meines Sprungs ermessen, der zum Sturz umgedeutet wurde. Dies sollte sich anschließend noch oft auf jämmerliche Weise wiederholen, ohne dass es jemand bemerkte, bis die Analyse es mir erlaubte, diese gefährliche Folgsamkeit, mit der ich diese mentalen Befehle ausführte, diese einer fast schon berauschenden Trägheit gleichkommende Sanftmut in eine Vorliebe für Einsamkeit, Freiheit und glühende Lebensfreude zu verwandeln. Doch der Krater, der sich in meinem sechsundzwanzigsten Lebensjahr beim Tod meiner Großmutter auftat, war die verheerendste Antwort auf den Tod meines Vaters. Und auch meine größte Chance.

6 So eine Liebe gibt es nicht. So liebt man nicht mehr. Ich war wie für ihn gemacht. Er war wie für mich gemacht. Wir waren wie zwei Magnetkörper: Was er zu geben hatte, musste ich nehmen, ich hatte ein tiefes Bedürfnis danach, das ganz aus dem Innersten kam. Ich war noch jung. Ich war zweiundzwanzig Jahre alt. Ich hatte noch nie jemanden geliebt. Als ein Mann mich ins Restaurant einladen wollte, bestand ich darauf, die Einladung müsse auch für meinen Hund gelten. Und bestellte die teuersten Gerichte für den Hund, Langustinen, Kaviar, in Restaurants, die ich selbst aussuchen durfte, das war mir besonders wichtig. Und ich verlangte, dass der Hund bei Tisch bedient wurde. Danach schlief ich nicht einmal regelmäßig mit ihnen. Manchmal schon. Aber es war mir scheißegal. Mir war alles scheißegal. Ich musste die Kerle einfach blechen lassen, verstehst du. Also anfangs auch ihn, genau wie alle anderen. Deinen Vater, ganz wie alle anderen. Und dann ging er mit mir in ein Café, ich hatte mein oranges Kleid angezogen, du kennst es, Hochschaftstiefel, das Übliche, er fing an zu reden, und ich bekam fast nichts mehr herunter. Ich konnte nicht. Ich hörte ihm zu. Ich habe noch nie jemanden so reden gehört, auf eine so intelligente und so ruhige Art. Ich betrachtete seine 143

Augen. Ich betrachtete diesen Blick, den er auf die Welt warf, ich weiß nicht, wie ich es sagen soll. Plötzlich sah ich ihn an und entdeckte mich in seinen Augen. Ich erinnere mich nicht einmal mehr an das, was er an jenem Tag gesagt hat. Es ist schrecklich. Du siehst, auch hier tut die Zeit ihr Werk. Man sagt, die Zeit tut ihr Werk, aber manchmal ist ihr Werk auch schrecklich. Man würde so gern niemals vergessen. Man würde die Worte so gern behalten. Aber selbst die vergisst man am Ende. Ich habe die Worte vergessen. Aber an das Gefühl erinnere ich mich. Ich sah die Tage, die uns zusammengeführt hatten, in all ihrer Dichte. Die ganze Zeit, in der ich gelebt hatte, bevor ich ihm begegnet bin. Diese gewaltige Zeitspanne, die jetzt nicht länger zählte. Und die trotzdem zählte, denn alles hatte mich zu ihm geführt. Und ich sah diesen Mann vor mir sitzen. Ich sah sein Herz, das sich öffnete, sein Herz in seinem Lachen, sein Herz in seinen Worten. Ich sagte mir: Dann gibt es also Menschen wie ihn. Er liebte mich so sehr, dass ich anfing, ihn auch zu lieben. Innerhalb weniger Tage wurde er alles für mich. Mein Vater, meine Mutter, mein Geliebter, meine Liebe. Ich habe so etwas noch nie erlebt, dass jemand sich derart zurücknahm, seine eigene Lust dabei vergaß. Er wollte mich jene Kindheit, die er selbst nie gehabt hatte, noch einmal erleben lassen. Stell dir nur vor: Eines Tages kamen wir an einem Spielzeugladen vorbei. Ich sagte: Oh, ein Bauernhof. Dann ging er in den Laden. Kam mit dem Bauernhof unterm Arm wieder heraus. Das hat noch nie jemand für mich gemacht. Er war verrückt. Er wusste nichts über mich. Er hatte alles verstanden. Und alles verziehen. Er liebte mich so, wie ich war, dem zum Trotz, was ich war, meiner selbst zum Trotz. Ich glaube, das ist Liebe. Also Kopf hoch, denn du bist aus einer gewaltigen Liebe heraus entstanden. Und so etwas kann nicht sterben. Das stirbt nie. Selbst heute Abend, jetzt, da ich mit dir rede, weiß ich, dass er da ist. Er ist gestorben, aber er ist nicht tot.

»Aber was ist nicht tot, Mama? Er oder diese Liebe?«

»Ich weiß nicht.«

Niemand hat darum gebeten, geboren zu werden, weder Sie noch ich. Und es braucht von Kindheit an die absurde und herrliche Fülle der Liebe, die Liebe zur Welt, die Liebe zum Leben, die Liebe der Eltern, um sich voller Kraft und voller Freude in die Fülle der Tage zu stürzen. Bis zu welchem Grad beeinflusst unsere Vorstellung davon, auf welche Weise unsere Eltern sich geliebt haben, unser eigenes Maß an Idealisierung der Liebe? Wie dem auch sei, seit meinen jämmerlichen Erkundungen des Genfer Sees hielt meine Mutter es für angesagt, mich mit dieser Geschichte aufwachsen zu lassen, in dieser Geschichte, der Geschichte vom Reich des Todes, mit dem die Liebe – ganz wie die Träume – in Dialog treten konnte, der Geschichte einer Leidenschaft, die gegen die Konventionen verstoßen hatte, die dem Schicksal widerstanden hatte, dem Hass einer ganzen Familie und am Ende sogar der Verwesung eines Leichnams und der Ehe meiner Mutter mit einem anderen Mann, mit dem sie eine weitere Tochter hatte. Meine Eltern waren düstere, romantische Helden, die mit den Regeln gebrochen hatten. Alles hatte sich gegen sie verschworen, nur die Liebe nicht. Folglich hatte selbst der Tod sie nicht getrennt. Diese Geheimnisse (immer dieselben, immer im selben Tonfall erzählt) halfen mir beim Überleben. Meine Jugend gelangte also auf die Umlaufbahn rund um das gegessene Herz ihrer toten Jugend. Ich glaubte einen Jungen zu lieben. Meine Großmutter mochte ihn nicht: Nicht geistreich genug, sagte sie zu mir, nicht einmal ein Mediziner, und nicht einmal reich genug für dich. An der Decke meines Schlafzimmers sah ich die Wolken ziehen, die mein Vater vor meiner Geburt aufgemalt hatte, damit ich, so hatte man es mir erzählt, stets sanft und tief träumen würde. Plötzlich sah ich sein Gesicht darin. Alles, was ich seit meiner Kindheit an Wut und Zorn zurückgehalten hatte, platzte in meinem Mund auf. Nein, sagte ich zu meiner Großmutter am Telefon, ich werde nicht Medizin studieren, ich lasse mich nicht vernichten, wie du meinen Vater vernichtet hast, dessen Träume allesamt zunichtegemacht wurden. Ich würde schreiben, ich wollte schreiben, seit meiner Kindheit versuchte ich zu schreiben, ich wollte nichts anderes. Nein, ich würde nicht auf die Ehe warten, um mit einem Mann zu schlafen, ich hätte es schon getan, mehr als einmal, schon vor langem, und ich sei stolz darauf. Nein, ich wolle von dem Leben, das man von mir erwartete, nichts wissen, und sie solle sich zum Teufel scheren. Monatelang versuchte meine Großmutter mich zu erreichen – vergeblich. Eines Tages fiel mir auf, dass sie unten vorm Haus ihren Wagen geparkt hatte. Sie sah mich. Sie hupte. Sie rief meinen Namen. Ich rannte die Straße hinunter, bis mir die Luft wegblieb, ohne mich umzudrehen, meiner Verdammnis und meiner Freiheit entgegen. Obwohl ich nie hatte heiraten wollen, drängte es mich plötzlich dazu, ohne dass ich es mir zu erklären wusste.

Es fand eine übers Knie gebrochene Hochzeit mit dem jungen Mann statt, mit dem ich zusammenwohnte. Mein Vater hatte seine Mutter nicht zur Hochzeit eingeladen. Daher wollte auch ich meine Großmutter nicht einladen. Sie bekam Wind davon. Reagierte mit roten Flecken im Gesicht. Fiel vom Fleisch. Wurde bettlägerig. Hautkrebs. Ich nahm die Nachricht mit Schadenfreude auf. Bald darauf wurde mein Mann ins Ausland versetzt. Ich folgte ihm nach, kündigte sogar für ihn eine Anstellung, nach der ich immerhin ein Jahr gesucht hatte. Dort angekommen, erkannte ich ihn nicht wieder: Er wollte ein Kind, so wie man sich ein Auto wünscht, sämtliche Freunde, seine zumindest, hatten welche. Ich wollte keins: Alles, was ich wollte, war schreiben und wieder eine Arbeit finden, aber ich konnte Hunderte von Stunden darauf verwenden, es war vergebens. Dass ich ihm sein Kind verweigerte, war unbegreiflich – alle Frauen wünschen sich ein Kind, sagte er mir, das ist die Ordnung der Dinge, ich kann nicht glauben, dass du keins willst, dass du nie eins gewollt hast. Empört über diese Dissonanz begannen all unsere Freunde – das heißt seine Freunde, die alle ein Auto und Kinder hatten, von denen einige, wie man es damals noch in den ehemaligen Kolonien des Britischen Weltreichs beobachten konnte, an der Leine geführt wurden, für den Fall, dass sie auf die Idee kommen sollten, sich beim Herumtollen zu weit zu entfernen – uns seltener einzuladen. Die Frauen mieden meine Gesellschaft, die Männer sahen mich anders an.

Vor allem einer von ihnen. Er sprach wenig. Er las viel. Das Lachen und die Verzweiflung brachten uns näher. Zum ersten Mal liebte ich einen Mann mehr als ich meine

Mutter geliebt hatte. Es war eine Leidenschaft, unerbittlich wie die Hölle, die Chaos und Verzweiflung in die kleine Gemeinschaft der Auslandsfranzosen dieser Stadt brachte, die alle zu sagen pflegten: Hier ist es ruhig, Hier ist es sauber, Hier ist es still. Zur vierten Stunde, wenn die Sonne sich nur noch langsam von der Stelle zu bewegen scheint, liebten wir uns in irgendwelchen Hotelzimmern. Er war verheiratet, er war Vater, und nein, selbstverständlich sollte er nicht die Kraft besitzen, seine Frau zu verlassen. Ich brach alle Brücken hinter mir ab. Niemand sprach mehr mit mir – mit Ausnahme der Kinder. Davon in Kenntnis gesetzt, fand meine Mutter, die ich immerhin von früher um einiges rebellischer in Erinnerung hatte, die aber schon genauso konformistisch geworden war wie die bürgerlichen Damen, über die sie sich immer lustig gemacht hatte, meine Scheidung bedauernswert, mein Verhalten skandalös: Nach sieben Monaten Ehe muss man die Ärgernisse des Ehelebens zu ertragen gelernt haben.

Eine junge Frau, die keine Arbeit hat oder keinen Mann, der sie aushalten kann, ist ein Desaster. In einem Brief, den ich zärtlich bewegt gelesen hatte, weil er die Bedingungslosigkeit der Mutterliebe so stark zum Ausdruck brachte, wurde mir mitgeteilt, ich sei »Ein Stück Scheiße, das nur Scheißbücher liest und nur Scheißfilme mag«, und es käme nicht in Frage, dass ich wieder im Elternhaus wohnen würde. Eine Woche später, genau am Tag meiner Rückkehr nach Frankreich, im Zug also, teilte Onkel Armand mir mit, dass man meine Großmutter soeben beerdigt habe. Um neun Uhr morgens.

»Aber ich war am anderen Ende der Welt, und mein

Flugzeug ist genau um neun Uhr gelandet, wie ist so ein Zufall möglich?«

»Sie hat auf dich gewartet.«

Ich stand sinnbildlich für das Allerschlimmste. Ich hatte alles vermasselt, mit einer solchen Sturheit, dass man nicht von einem Versehen ausgehen konnte und es somit kein Pardon gab. Ich war keine Enkelin mehr, keine Tochter, keine Ehefrau, keine Geliebte. Ich würde nicht mehr Mutter werden. Nein. Ich war nichts mehr davor und nichts mehr danach. Vollkommen allein, ganz und gar frei.

7 Also dressiert man die Kinder zum Hass, zum Tod. Wenn sie durch einen Wechsel von trügerischen Zärtlichkeiten und schändlichen Erniedrigungen genügend auf den Hass konditioniert wurden, wenn ihr Kopf nur hinreichend von schrecklichen Geschichten kolonisiert wurde, die ihnen vorausgehen und deren kranke Früchte sie sind, dann entlässt man sie in etwas, das sie zu Unrecht für die Freiheit halten, das aber nichts weiter ist als ein anderer, nur noch größerer Käfig. Und sie beißen. Hätte ich an meiner Entscheidung festgehalten, mich von nun an als einen Menschen zu betrachten, der keine Familie mehr hat, hätte ich beim Tod meiner Großmutter die Erbschaft ausschlagen müssen. Dazu hatte ich weder die Mittel noch den Mut. Ich hatte keine Arbeit, nicht einmal einen Wohnsitz. Dieses vom Himmel gefallene Erbe war das Geld, das meinem Vater zugestanden hätte, wäre er noch auf der Welt gewesen. Ich ging also als Stellvertreterin des Toten zum Notar, mit einer Habgier, die ich keineswegs verschweigen darf. Wenige Tage nach dem Telefonanruf meines Onkels lief ich die Straße einer Stadt entlang, aus der ich vor über einem Jahr ins Exil gegangen war und die ich plötzlich nicht mehr wiedererkannte – es waren noch dieselben Häuser, und doch waren sie nicht mehr dieselben –, um vor der Treppe eines düsteren Gebäudes meinen Onkel zu treffen. Ich hatte ihn seit der Kindheit nicht mehr gesehen. Sobald ich sein Gesicht wiedererkannte, fühlte ich mich wie diese Hunde, die man jahrelang darauf abzurichten versucht, in eine Stoffpuppe zu beißen, um sie auf den Kampf vorzubereiten, aber wenn sie dann endlich auf denjenigen treffen, den man ihnen immer als den großen Gegner präsentiert hat, betteln sie ihn darum an, gestreichelt zu werden. Der ganze Schmerz, dass ich all die sinnlosen Jahre auf ihn hatte verzichten müssen, brach mit einem Mal über mir zusammen. Er sah mich an. Er sagte: Warum die ganze vertane Zeit? Er begann zu schluchzen. Und öffnete mir weit die Arme. Ich dagegen weinte nicht. Ich hätte es gerne getan. Es gelang mir aber nicht. Ich betrachtete die Hände meines Onkels, die meine Schultern drückten. Sie ähnelten wahrscheinlich denen meines Vaters. Mein Onkel sah mich wieder an, aber diesmal mit einem seltsamen Gesichtsausdruck. Er sagte: Du siehst deiner Mutter ähnlich, und nahm Abstand. Ich wurde puterrot. Plötzlich schoss mir der Gedanke in den Sinn, dass bei den Menschen, die in der Generationenfolge vor uns stehen, die Dinge nicht immer sind, was sie scheinen, und dass hinter einem unauslöschlichen Hass manchmal ganz gegenteilige Gefühle stecken können. Ich sagte ihm nichts davon.

Eine winzig kleine Dame, ein faltiges Stück Stoff im Aschegewand, die eine Leichenbittermiene zur Schau trug, forderte uns auf, ihr zu folgen. Das Notariat war viel größer, als es von außen den Anschein hatte. Wir liefen einen Flur entlang, ohne anzuhalten, vorbei an drei

Türen. Nach der dritten kam eine Treppe – jenseits davon verschwand der Flur im Dunkeln. Man brachte uns in ein schwach erleuchtetes Zimmer, in dem sich der Geruch von altem Papier, Füßen und ranzigem Hass mischte und wo man uns einige Minuten uns selbst überließ. Eine Glocke ertönte. Die Tür ging auf. Der Notar, so grau und steif wie das Zimmer, in dem wir gewartet hatten, bat uns einzutreten. Mein Onkel und ich setzten uns Seite an Seite vor ihn hin, jeder zündete sich eine Zigarette derselben Marke an – nur die Feuerzeuge unterschieden sich farblich. Der Notar lachte kurz auf, dann hielt er an sich. Ich sehe schon, sagte er zu mir, sie haben sich das Familienvirus eingefangen. Er holte ein Bündel Akten hervor, das er sich vor die Augen hielt. Mein Onkel, eingehüllt in eine Tabakwolke, starrte den Notar an. Und ich starrte immer noch auf die Hände meines Onkels. Ich sah im Rauch unserer Zigaretten ein verschwommenes Kindheitsbild, einen Nachmittag, so strahlend wie ein Märchen, an dem mein Onkel mich in ein chinesisches Restaurant und dann in den Tierpark mitgenommen hatte. Anschließend hatte er alles mögliche Spielzeug gekauft, darunter ein elektronisches Taschenspiel, bei dem Menschen, die mit dem Fallschirm aus einem brennenden Flugzeug sprangen, von einem kleinen Männchen gerettet wurden. Ich behielt dieses Spiel, bis meine Mutter es mir bei einem ihrer Tobsuchtsanfälle, die damals nichts Ungewöhnliches waren, aus den Händen riss und gegen die Wand schmetterte.

Die Stimme des Notars riss mich aus meinen Gedanken. Ich hatte nur das rechtlich gesehen strikte Minimum geerbt. Und natürlich nichts von dem medizinischen Imperium. Nur Trümmer des verkauften Schlosses. Mir wurde klipp und klar deutlich gemacht, dies läge zum einen daran, dass ich die Tochter meiner Mutter war, und zum anderen, dass sie wieder geheiratet hatte, noch dazu einen »unvermögenden Mann«, und schließlich auch daran, dass ich meine Großmutter während ihrer zweijährigen Krankheit und während des Todeskampfes, bei dem sie schreckliche Qualen leiden musste, wie mein Onkel mir ausführlich erläuterte, ohne mir irgendein Detail zu ersparen, nie besucht hatte und letztlich auch nie den Versuch unternommen hatte, mich mit ihr zu versöhnen.

Man erzählte mir, es habe einmal einen Erben gegeben, der nach der Verlesung des Testaments dieses dem Notar enttäuscht aus den Händen gerissen habe, um es zu verschlingen. Die ganze Familie habe sich mit großem Geschrei auf ihn gestürzt, um das Dokument an sich zu bringen, das man anschließend mehr schlecht als recht wieder zusammenkleben musste. Die habgierigen Gedanken, die beim Verlesen dieses Testaments in mir aufschossen, waren vollkommen niederträchtig, Gedanken, bei denen man sich sagt, dass sogar eine Küchenschabe dem Menschen überlegen sei, da diese wenigstens nicht die unmittelbare moralische Ursache ihrer eigenen Hässlichkeit war. Doch ich erhob keinerlei Einwände. Ich verstand bestens. Ich war dieses Geldes nicht würdig, nahm es jedoch mit der ganzen Kraft meiner schändlichen Bereitwilligkeit an, davon zu profitieren – doch wenn ich es recht bedenke, glaube ich heute, dass niemand jemals seiner würdig ist und dass das Geld selbst, dass die Verbrechen und die Ungleichheiten, zu denen es führt, noch unwürdiger sind.

Ich hörte meinen Onkel sagen: Deine Mutter ist in der ganzen Zeit, in der es mit deinem Vater zu Ende ging, wundervoll gewesen, sie hat viele Tränen für das Übel vergossen, dessen Ursache sie war, und während der Krankheit meines alten Vaters war sie auch bemerkenswert. Dann sagte er noch, wobei seine Stimme ein wenig pfiff: Daher hoffe ich, auch in Anbetracht der Tatsache, dass du volljährig bist, dass du das Geld dieses Mal auch wirklich bekommen wirst.

Als ich ihn fragen wollte, an welchem Tag genau man mir die Summe überweisen würde – eine Freundin hatte mich für ein paar Tage bei sich aufgenommen, aber ich musste so schnell wie möglich eine Unterkunft finden – merkte ich, dass mein Mund und mein Gesicht sich nicht mehr synchron bewegten, mein Mund sonderte Laute ab, die das verdrängten, was ich zu sagen hatte, mit anderen Worten, es kam nur wenig heraus, dabei weiß ich nicht einmal, ob der Notar und mein Onkel diese plötzliche Schwäche überhaupt bemerkten. Aber niemand sah etwas, denn es war doch so, dass niemand jemals irgendetwas gesehen hatte oder hatte sehen wollen, und so schien alles aufs Beste bestellt in der besten aller Welten. Den Blick auf den schwarzen Fleck gerichtet, den ich ungeschickterweise hinterlassen hatte, als ich ein wenig Kaffee auf dem Schreibtisch des Notars verschüttete, sagte ich nichts mehr.

Alle Kinder träumen irgendwann einmal, man habe sie adoptiert – nur die adoptierten Kinder nicht. Ich weiß nicht, in welchem Augenblick mein Vater sich sagte, dass es ein Fehler war, in seine Familie hineingeboren zu werden. Dass diese Familie für andere vielleicht eine wunderbare Familie gewesen wäre, denn sie konnte lustig sein und mutig, sie hatte in gewisser Weise auch einen genialen Hang zur Maßlosigkeit, aber ihn sollte das umbringen. Ich weiß auch nicht, warum mein Vater sich, um ihnen zu entkommen, bis zum Wahnsinn in das verrückteste aller verlorenen Kinder verliebt hatte, in die bombigste Granate überhaupt, die sich von allen möglichen Dreckskerlen und verkommenen Subjekten poppen ließ. Wahrscheinlich hatte er eine Festung ohne Türen und ohne Fenster in ihr gesehen, unter deren Boden, davon war er überzeugt, der allerschönste Schatz verborgen lag, ihr tiefes Ich, das er exhumieren würde, um sie zu retten und zu verwandeln, und dass er sie deshalb so bereitwillig mit Liebe, Freude, Lachen, Geschenken überschüttet habe und dass letztlich, so gab man mir überaus freundlich zu verstehen, genau dies seinen Untergang bewirkt hatte. Alles, woran ich mich schon immer verzweifelt geklammert hatte, um meiner Mutter ihren Wahnsinn und ihre Brutalität zu verzeihen, alles, was ich mir Jahr für Jahr mit all meinen kindlichen Kräften hatte einfallen lassen, um in meinem Herzen die Liebe am Leben zu erhalten, die meine Eltern füreinander empfunden hatten, war soeben mit einem Mal in sich zusammengestürzt. Es war abstoßend. Alles war abstoßend. Das Geld, das die Herzen korrumpiert. Die Habgier der Erwachsenen, meine eigene Gier. Die Lügen meiner Mutter, die vielleicht schon all die Jahre geduldig darauf gewartet hatte, dass auch ich sterbe, um mich beerben zu können. Und mein Vater, der das alles wahrscheinlich begriffen und sich daraufhin verabschiedet hatte. Er hatte Recht gehabt. So sehr Recht gehabt. Ich zündete eine Zigarette an. Verabschiedete mich freundlich von meinem Onkel und dem Notar. Ging die Straße hinunter, meine kaputte Kindheit in den leeren Taschen.

8 In den folgenden Tagen musste die Wohnung meiner Großmutter leergeräumt werden. Oder vielmehr letzte Hand angelegt werden. Mein Onkel hatte bereits den ganzen Verwaltungskram sowie die Briefe, die seine Mutter Jahr um Jahr angehäuft hatte, aussortiert und geordnet und wahrscheinlich das, woran ihm am meisten lag, bereits beiseitegeschafft. Es mussten nur noch diverse Gegenstände wie Handtaschen, Kleider, Geschirr, Bücher, Fotografien und weitere Möbel ausgewählt und verteilt werden. Wir waren dort, verloren unter all den Sachen, jeder in seinem Eck mit seiner Aufgabe beschäftigt, während wir die Aschenbecher unter Zigarettenkippen begruben. Hin und wieder gingen mein Onkel und ich aufeinander zu und erkundeten an diesem tristen Nachmittag, von dem wir wussten, dass er der einzige sein würde, den wir miteinander verbringen konnten, unsere Gewohnheiten, unsere Charaktere, unsere jeweiligen kleinen Eigenheiten, all das, was uns einte, und all das, was uns trennte. Ich erinnere mich noch an seinen erstaunten Ausdruck, als er sah, wie ich ein altes Buch an mich drückte. Magst du denn Bücher so sehr?, fragte er. Wie dein Vater. Dein Vater liebte Bücher auch, als wären sie Lebewesen. Er hielt inne, dann setzte er hinzu: Er war

ein sympathischer Wirrkopf, er hat nie normale Frauen geliebt, zuckte mit den Schultern und dann, wie ein Springteufel, der wieder in seine Schachtel zurückschnellt, zog er sich in ein anderes Zimmer zurück. Ich legte ein paar prächtige kleine Fundstücke beiseite: Reispuder, Haarbürsten, noch ganz voller grauer Haare, einen Ring, den ich immer hatte haben wollen, einen alten Pfirsichkern, den ich in einer Schublade gefunden hatte, den Mantel, den meine Großmutter immer trug, wenn sie mich in ihrem kleinen Auto von der Schule abholte, Reiseführer von Österreich, Japan und Venedig, voll mit den Namen von Hotels und Restaurants, die es vielleicht schon gar nicht mehr gab, die sie sich aber in ihrer schönen, steilen Handschrift am Rand notiert hatte, eine Kommode, ein Paravent, ein Feuerzeug mit den Initialen meines Großvaters, ein Porträt, das meinen Vater als Kind darstellte, gemalt von einem großen spanischen Maler, angeschlagenes Geschirr, das aus dem Schloss stammte, und Fotoalben mit craqueliertem Einband.

Als ich meinen Onkel suchte, um ihn zu fragen, ob ich vielleicht die Suppenschüssel haben könnte, in der meine Großmutter mir so oft diese cremige Suppe kredenzt hatte, fand ich ihn auf einem mit einem Leintuch bedeckten Sofa sitzen. Er hielt die Perlen eines kaputten Colliers in Händen, das er vergeblich zu reparieren versuchte. Er warf einen betrübten Blick auf die Blumen meines Kleides. Seine von dunklen Ringen umgebenen Augen wirkten plötzlich viel blauer. Es will mir nicht gelingen, sagte er. Er saß eine ganze Weile stumm da. Niemand bekommt mich jemals so zu sehen wie du jetzt gerade, fuhr er fort. Gegenüber meinen Angestellten habe ich meine Gefühle immer vollkommen unter Kontrolle. Mehr bleibt nicht von einem Mann, wenn seine Mutter stirbt, setzte er hinzu und hielt mir die offene Handfläche mit dem in seine Bestandteile zerlegten Collier hin.

Sie hat dich geliebt, wenn auch auf ihre ungeschickte Art. Aber du warst ihr Augenstern. Jeden Tag, sagte er zu mir, hat sie auf diesem Sofa hier gesessen und auf dich gewartet, wenn das Telefon klingelte, hoffte sie immer, dass du es bist, dass du endlich anrufst, um dich mit ihr zu versöhnen, um ihr zu sagen, Oma, verzeih mir.

Seine Atmung ging stoßweise, er wurde rot bis zu den Haarwurzeln, erstickte fast an einem feuchten Husten, die Augen auf das kaputte Collier gerichtet. Sein Gesicht schwoll an. Der Mund zitterte.

»Meine Mama, meine liebe Mama.«

Dann, die Augen hart wie Feuerstahl, kam er mir plötzlich mit dem Gesicht sehr nah und sagte:

»Du und deine Mutter, ihr habt sie umgebracht. Deine Mutter aus Hass, und du aus Verzweiflung.«

Alle Nacht der Welt stürzte in meinen Kopf. Ich hätte etwas sagen sollen. Ich hätte etwas sagen können. Aber mein Mund blieb versiegelt. Ich betrachtete meinen Onkel, seine müden Hände, in denen sich die Reste des Colliers weiter auflösten. Auf der anderen Straßenseite standen ziemlich hässliche Häuser. Als ich seine Stimme wieder vernahm, hätte ich weder zu sagen vermocht, wie viele Stunden oder Tage oder vielleicht Jahre vergangen waren noch seit wann wir dort saßen, reglos, festgefahren in der Trauer über etwas Absolutes, das niemals existiert hatte. Ich sah mich eine Hand auf die seine legen und wie ein Automat aufstehen, das Blumenwasser wegschütten, die Rosen in den Mülleimer werfen, mit einer Hand durch die ihrer Schätze beraubten Schubladen fahren, in die Suppenschüssel hineinschnuppern und die auf dem Sessel abgelegten Pelzmäntel betrachten, deren Taschen-inhalt ich als Kind immer durchsucht hatte. Das Bett meiner Großmutter stand noch da. Ihr Körper hatte dort ein entsetzliches Loch hinterlassen, in dem mein Onkel mich fand, unter die Daunendecke verkrochen, das Kinn auf den Knien. Als ich ihm verkündete, ich wollte dieses Bett für meine zukünftige Wohnung haben, brachte er mich davon ab. Vor dem Haus gingen wir auseinander. Du hast noch ein ganzes Stück Weg vor dir, sagte er, und den musst zu allein gehen. Aber dein Vater und ich, wir wer-den immer da sein, wie zwei Schatten. Er verschwand in seinem Auto. Er fuhr zu seiner Familie zurück. Ich machte mich auf einen sehr viel weiteren Weg.

9 In höchster Verwirrung durchquere ich die ganze Stadt. Ich klingle an einer Tür. Meine Mutter öffnet mir. Wir gehen in die Küche. Sie sagt: Was willst du? Ich sage: Ich habe meinen Onkel gesehen. Sie sagt: Dieser fette, stinkende Seehund.

Auf dem Tisch liegt ein Brotmesser. Im nächsten Augenblick befindet sich das Messer in meiner Hand.

»Ich hatte eine Familie, damals, sie waren alle, wie sie nun mal waren, aber sie waren meine Familie, und du, du hast das nicht ertragen, hast es nicht ertragen, weil du selbst keine hattest, warum hast du das gemacht, warum habt ihr mich alle krank gemacht mit euren Fickgeschichten und Geldgeschichten, ihr seid komplett durchgeknallt, komm bloß nicht näher, sonst stech ich dich ab.«

Sie macht eine beschwichtigende Geste. Nennt mich noch einmal beim Vornamen.

Aber ich: Halt's Maul, du hast mich angelogen, in allem, von Anfang an.

Ich richte das Messer auf ihre Brust.

Ein Fensterladen knallt. Ich sehe zum Fenster hinüber. Daneben hängt eine Zeichnung. Eine blonde Frau, die eine große Krone trägt, eingefasst mit roten Herzen, Schmetterlingen und Sternen. Unter die Zeichnung hat das Kind, das ich einst war, »Mama« geschrieben. Das Brotmesser fällt mir aus der Hand. Ich flüchte. Renne die Treppe hinunter. Renne aus dem Haus. Auf dem Gehsteig übergebe ich mich.

10 Am nächsten Tag vereinbarte ich ein Treffen bei einem zweiten Notar. Um dort mein eigenes Testament zu hinterlegen.

11 In den Furchen der Städte verstecken sich bestimmte Orte, an denen man sich von der Welt zurückziehen kann. Zum Tagesende spuckte die Metro mich auf einem Platz aus. Aus einem Gullydeckel stieg Wasserdampf auf, verschluckte allmählich den Gehsteig, die Geschäfte und die Passanten. In der Ferne sah ich den rosa Schein eines Aushängeschildes in der Dunkelheit knistern. Es war ein Hotel. Völlig heruntergekommen. Der Name gefiel mir sofort: Splendid Hotel. Ich erkundigte mich, ob ich mir ein Zimmer anschauen könnte. Der Nachtportier zeigte mir eines im vierten Stock. Dunkler Gang. Ein winziger Raum. Ein Bett und eine herrlich abgewohnte eierschalenfarbene Tapete. Der Teppich dürfte seine Glanzzeit im letzten Jahrhundert gehabt haben. Weder ein Bild noch ein Plakat. Das Viertel kannte ich nicht. Ich fragte, ob es möglich sei, monatsweise zu zahlen. Man antwortete mir, das würden die meisten Gäste, die hier wohnten, tun, auch wenn ich in der ganzen Zeit, die ich im Splendid Hotel blieb, nie vielen Leuten begegnet bin. Manchmal entdeckte ich ein Stück eines Armes, den Schemen einer Gestalt im Nachbarfenster, am Abend, während ich die Nachtfalter beobachtete, die gegen das Neonlicht des Hotelschildes prallten. Aber wir wechselten nie ein Wort. Wenn wir uns auf der Treppe begegneten, wagten wir kaum, einander zu grüßen. Die Scham, hier zu wohnen, verhinderte eine echte Begegnung.

Ich ließ alle Möbel meiner Großmutter in ein Lager verfrachten, mit Ausnahme von sechs Kisten voller Fotoalben, Bücher, Mäntel und Geschirr, die ich zusammen mit meinen Koffern in meinem Zimmer stapelte. Bald konnte ich in mein Bett nur hinein- oder wieder herausgelangen, indem ich seltsame Verrenkungen vollführte. Also verließ ich es immer seltener, und da niemand die Zimmer machte, ließ man mich glücklich in meinem Dreck baden, eingemummelt in meine alten Laken unter den ausgebreiteten Fotos meiner Großeltern, meines Vaters und dessen Bruders, inmitten von Papieren, die mit Fragmenten völlig krankhafter Sätze bedeckt waren, den Leichen von Colabüchsen, Thunfischdosen und anderen jämmerlichen Schätzen, die sich in dem Zimmer immer mehr anhäuften.

Meine Tage hatten keine Begrenzungen mehr. Die Nacht trennte nicht länger die Wochentage, einen nach dem anderen, voneinander ab. Die Stunden gehörten mir endlich selbst. Ich aß nur, wenn ich Hunger hatte – manchmal gewaltig viel, manchmal gar nichts. Ich schlief wenig. Dagegen kritzelte ich die ganze Zeit. Ich schlüpfte in die Haut der Stille, mit einem Glücksgefühl, das mir bisher fremd gewesen war – das Geräusch eines Wassertropfens, der auf den Waschbeckenstöpsel fiel, das Brummen des Aufzugs oder die Schritte derer, die über mir kamen und gingen, wurden nach und nach zu vollwertigen Ereignissen. Ich wollte in meinem Versteck bleiben. Ich wollte, dass man nicht mehr das Wort an mich richtete. Und dass man mich dort einfach sein ließ, im Dunkeln,

sämtliche Bewohner in dem Mietshaus gegenüber aus-
spähend, denen ich niemals begegnen würde und deren
Lippen, die ich aus der Ferne durch die Fensterscheiben
beobachtete, unhörbare Worte raunten. Nach meinem Tod
würde mein Name erlöschen. Ich war endlich zu Hause.

Zwei Monate gingen vorüber. Ich rief schon niemanden
mehr an. Hatte aufgehört zu rauchen. Aufgehört zu reden.
Aufgehört, meine Kleidung zu wechseln. Meine Meinun-
gen und meine Vorlieben interessierten mich nicht mehr.
Ich hatte politische Überzeugungen gehabt; die Wahl
eines neuen Präsidenten, die Folgen des Attentats vom
11. September sowie die Wiederaufnahme der Atomver-
suche ließen mich kalt. Ich hatte Urlaub genommen von
allem, was ich je gewesen war. Die Welt, in der ich aufgewachsen war, die Werte, die ich für die meinen gehalten
hatte, die Bindungen, die das Herzstück meiner Kindheit
ausgemacht hatten, die Kämpfe und das Engagement der
Adoleszenz, die Dinge, für die ich mich beim Eintritt ins
Erwachsenenalter entschieden hatte, der Geschmack der
Küsse und die Umarmungen der Männer, die ich geliebt
hatte, all das, was Jahr um Jahr die Lust am Aufwachsen
und die Lebensfreude wach hält, driftete davon in einer
Zeit, die ich nicht mehr mit dem, was meine Vergangenheit
ausgemacht hatte, in Verbindung bringen konnte. Jeder
Tag machte die Erinnerung an sämtliche Momente der
Freude mit meiner Mutter, ihrem Mann und diesem Kind,
dass sie gehabt hatten, sowie mit allen, die meine Freunde
gewesen waren, nur noch blasser. Ich wusste, dass ich Gefühle gehabt hatte, aber ich konnte sie nicht mehr spüren.
Ich liebte niemanden mehr. Das waren die freiesten Tage
meiner ersten sechsundzwanzig Lebensjahre.

12 Seltsame Zeichen, die, wenn ich heute daran zurückdenke, bereits einen recht fortgeschrittenen Zerfall meiner geistigen Fähigkeiten anzeigten, hatten sich bereits kurz nach meinem dortigen Einzug zu manifestieren begonnen: Die Geräusche im Hotel kamen mir immer lauter vor; die von der Straße dagegen immer gedämpfter. Wenn ich mich im Spiegel betrachtete, sah ich wohl, dass sich etwas verändert hatte, hätte aber nicht zu sagen gewusst, was. Im Lebensmittelladen hatte die Verkäuferin mich begrüßt und etwas gefragt, was nur?, auch das wusste ich nicht mehr, war aber unfähig zu antworten, weil die völlige Künstlichkeit jeglicher sozialer Interaktion mich so im Griff hatte, dass ich meine Sprechfähigkeit verlor, was ich natürlich nicht erklären konnte, weder ihr noch sonst jemandem, und als ich sah, wie sie sich mit dem Zeigefinger an die Stirn klopfte und mir einen angewiderten Blick zuwarf, war mir das sehr unangenehm gewesen, sowohl für mich als auch für sie, und ich hatte lediglich ein »Entschuldigen Sie« vor mich hin gemurmelt. Aber dann hatte ich mich nicht mehr damit beschäftigt.

13 Dann kam das Frühjahr 2002. Mein Zimmer war jetzt ein warmer Bauch, in dem ich, ohne länger mit irgendjemandem zu sprechen, mein ganzes Leben zubrachte. Eines sonnigen Morgens ging ich hinaus.

Ich gehe durch eine grüne Tür. Betrete den Friedhof. Während ich die zypressengesäumte Zentralallee hinauflaufe, sehe ich mich ganz deutlich auf den Gang zulaufen, der zur Gruft meiner Mutter führt. Je länger ich den Blick über diese Vielzahl von Grabsteinen schweifen lasse, die mit einer Vielzahl von Kreuzen geschmückt sind, mit einer Vielzahl von Fotografien, Inschriften, Blumenkränzen, und in der Ferne dieser Vielzahl von kleinen Hügeln aus Erde und Kies, unter denen andere verlorene oder verehrte Leichen ruhen, deren Knochen noch so viele Geschichten erzählen, sehe ich, wie sich über mir in dem riesigen Himmel alle Türen der Schlafzimmer im Schloss öffnen, aus denen glückliche Leute herauskommen, in ihren weißen parfümierten Morgenmänteln, am Steuer von funkelnden Boliden, die den Kies knirschen lassen, an einen festlich gedeckten Tisch, auf dem kleine gierige Händchen bereit sind, sich auf die Stücke eines Geburtstagskuchens zu stürzen.

Schließlich gelange ich zu einem mit Blumen bedeckten

Grab. Glyzinien. Ich lese die Namen meines Vaters, meines Großvaters, meiner Großmutter, in den Stein graviert. Ich schaffe mir in einer Ecke ein Plätzchen, wo ich mich an den Grabstein gelehnt hinhocken kann, um diese jämmerlichen Dinge zu flüstern, die sich mit einem einzigen Schrei zusammenfassen ließen: Nein.

Nein, ich habe sie nicht allein gelassen. Nein, wenn ich im Krankenhaus nicht an ihrer Seite sein konnte, ihnen nicht die Hand halten konnte, sie nicht auf die Stirn küssen konnte, mich nicht von ihnen verabschieden konnte, nicht zu ihrer Beerdigung gehen konnte, dann liegt das daran, dass sie nicht tot sind. Nein, ich habe sie nicht verloren. Nein, sie werden zurückkommen. Nein, es ist ausgeschlossen, dass sie nicht zurückkommen. Nein, in Wahrheit gibt es zwei Welten, Parallelwelten, die absolut identisch sind, mit dem einzigen Unterschied, dass sie in der einen lebendig sind und in der anderen tot.

Irgendwann sagt jemand: Wir schließen, hören Sie mich, wir schließen. Hinter mir, im Dämmerlicht, steht ein Mann in marineblauer Kleidung, ein Käppi auf dem Kopf, eine Glocke in der Hand. Ich habe ihn nicht kommen hören. Ich betrachte neugierig den Mann, als versuche er von der anderen Seite eines gläsernen Bildschirms aus auf sich aufmerksam zu machen.

Nein, Monsieur, ich empfinde keine spürbare Notwendigkeit, mich von hier fortscheuchen zu lassen. Nichts, was außerhalb dieser Einfriedung passiert, ist von Interesse. Es geht mir vollkommen gut. Sehen Sie doch, ich bin an meinem Platz, dort steht mein Name.

Der Mann im Käppi, der schon so manches erlebt hat, lässt nicht locker: Kann ich Ihnen helfen? Ich stehe auf, der Atem unhörbar, als sei das, was ich ihm gerade gesagt hatte, nichts, gerade so, als sei es nie ausgesprochen worden. Der Tag hat sich geneigt. Ich sehe, wie lang der Weg bis zum Ausgang ist; wie groß die Strecke bis zu den Bäumen und bis zur Straße; wie groß die Strecke bis zu meinem Körper. Meine Hände, meine Füße und meine Zehen werden eiskalt. Ich spüre nichts mehr.

Vor den Regalen des Supermarkts, in dem ich vorbeischaue, bevor ich wieder auf mein Zimmer gehe, ist es mir nicht möglich, mich zwischen diesem oder jenem Sandwich, zwischen diesem oder jenem Apfel zu entscheiden, so groß ist meine Angst, etwas falsch zu machen – ich war immer so schlecht darin, habe mich immer so falsch entschieden. An der Kasse bin ich unfähig zu rechnen, wie viele 10-Centimemünzen und 20-Centimemünzen ich für einen Euro und achtzig Centime brauche. Ich stehe noch völlig verdattert vor der Kassiererin, die ich bereits den nächsten Kunden ansprechen höre, stehe da wie ein kleines Kind, das in der Schule gerade angefangen hat, Kopfrechnen zu lernen, ich starre auf die Geldstücke in meiner Hand und es gelingt mir nicht mehr, sie irgendetwas zuordnen.

14 Plötzlich weitet sich die Zeit. Die Stunden verstreichen viel langsamer, als halte eine klebrige Masse, die aus den Tiefen des Himmels und der Erde ausgetreten ist, die vorüberziehenden Wolken, die Spaziergänger und die Autos zurück. Ich bin von einer dunklen Substanz bedeckt, die alles, was ich betrachte, nachtschwarz verfleckt. Die Häuser sind düster. Die Bäume vertrocknet. Der Himmel schmutzig. Dann kommen Träume, in denen alles wieder von vorn beginnt. Es sind Träume, in denen alle Farben viel lebhafter wirken: Die Blautöne sind schärfer, die Rottöne strahlender, die Weißtöne milchiger. Ich öffne eine Tür. Die Menschen, die gestorben sind, sind nicht tot. Ihre Gesichter strahlen. Sie nehmen mich in den Arm. Ich bin nicht mehr allein. Ich habe keine Angst mehr. Mir ist nicht mehr kalt. Wenn ich die Augen aufschlage, dauert es immer länger, bis ich mich daran erinnere, dass sie wirklich tot sind. Das Gefühl, dass sie immer noch da sind, hält mehrere Stunden an, dass sie mich holen kommen und alles verziehen sein wird. Die Porträts meiner Großeltern, meines Vaters und meines Onkels ruhen auf meinem Kopfkissen. Ich schmiege mein Gesicht daran. Ich will in die Bilder hineinkriechen, aber meine Zähne beginnen zu klappern. 171

Entsetzen macht sich breit. Es gelingt meinen Augen nicht mehr, sich von den Dingen meiner Großmutter zu lösen: Ich kann sie weder anfassen noch wegwerfen. Und aus den Tiefen eines aufgeplatzten Koffers sieht mich das silberne Auge des Drachen an, der die Suppenschüssel meiner Großmutter zierte, bereit, mich zu Asche zu verbrennen.

Mein Mund bleibt geschlossen. Ich öffne ihn nur, um große Mengen Nahrung in mich hineinzustopfen, was nichts daran ändert, dass ich, sobald ich etwas hinunterschlucke, alle Nahrungsmittel gleich wieder ausscheide, wie ein Abfluss, der sich leert: Sobald ich sie hinunterschlucke, fallen sie in ein Loch und kommen am anderen Ende meines Körpers, der mir selbst immer mehr wie ein Loch vorkommt, wieder heraus. Ich stehe hinterm Fenster und bemerkte den Menschenstrom auf der Straße, getrieben von den Wellen, vom Himmel aus gezählt wie die Schäfchen unserer Kindheit, durch eine riesige schlaflose Welt. Ich setze mich auf das schweißklebrige Bett. Ich wähle die Nummer meiner Großmutter, um sie um Verzeihung zu bitten. Einmal. Dann noch einmal. Dann jede Stunde. Dann unaufhörlich. Nie antwortet jemand. Niemals wird je wieder jemand antworten.

15 Die Gewissheit, dass ich mich nicht umbringen konnte, weil ich bereits tot war, hat nach und nach in mir Einzug gehalten, zur gleichen Zeit wie das unaussprechliche Gefühl, mich vollkommen in einen riesigen Kopf zurückgezogen zu haben, der sämtliche Leben aller Lebenden und Toten enthielt. Aus einem Anstandsgefühl heraus bin ich in keinem Augenblick auf die Idee gekommen, irgendjemanden um Hilfe zu bitten. Ich schämte mich zu sehr. Man bringt die anderen nicht mit seinem Kummer in Verlegenheit. Jedes Mal, wenn alte Freunde oder meine Mutter mir eine Nachricht schickten, weil sie trotz allem wissen wollten, wie es mir ging, antwortete ich bloß, immer schriftlich: »Alles bestens.« Vielleicht wird man das alles für verrückt halten. Und doch ist unser Leben voll von Augenblicken, in denen es uns gelingt, das Elend, das uns niederdrückt und das wir niemandem wünschen würden, vor der ganzen Welt zu verbergen: Missbrauchte oder geschlagene Kinder wissen das so gut wie niemand sonst.

Unsere Leiden ändern sich nicht im Lauf der Jahrhunderte. Sie lassen sich nicht an unseren Meriten bemessen und auch nicht an unserem Reichtum. Ein Trauerfall bleibt ein Trauerfall. Eine Leiche, eine Leiche. Ein Grab, ein Grab. Aber während einige Menschen lernen, unter Schmerzen mit ihrem Verlust zu leben, lassen andere sich mit ihren Toten sterben. Wenn es schon schwierig ist, Menschen, denen es gut geht, verständlich zu machen, wie ein körperlicher Schmerz sich anfühlt, etwa der Schmerz, den man empfinden kann, wenn man ganz entsetzliche Bauchschmerzen hat, wie viel schwerer fällt es ihnen dann, sich vorzustellen, was eine durch einen Trauerfall ausgelöste depressive Selbstanklage ist. Sobald Sie aus der Bewusstlosigkeit des Schlafes erwachen, breitet sich das, was Ihr Leben gewesen war, wie eine Asphaltpfütze vor Ihnen aus, klebrig und stinkend. Alles, was Sie getan haben. Alles, was Sie hätten tun sollen. Alles, was Sie der Person, die nicht mehr ist, hätten sagen können. Alles, was Sie morgen erreichen könnten. Alles überzieht sich mit einem dunklen Kleber, der die Brust zusammendrückt, einem Naphtha, das die Seele mit schwerem Feuer verbrennt, Ihre Eingeweide verwüstet, und zu jeder Tages- und Nachtzeit im Hintergrund Ihres Auges sämtliche Fehler vorbeimarschieren lässt, die Sie begangen haben oder hätten begehen können oder wahrscheinlich begangen haben, ohne es zu wissen, aber das ist gleich, denn sie kleben alle an einem entsetzlichen Strang zusammen.

Es ist bekannt, was eine Abwertung ist. Schlimmer noch ist der Selbsthass. Er versteinert. Man sieht sich so, wie die anderen einen sehen, als ein Wesen, das alles hat, was es braucht, um frei und glücklich zu sein, und das diesem wütenden Selbsthass begegnet, zu dem all Ihre Gedanken flüchten, um Sie von innen heraus absterben zu lassen. Aber nicht nur der moralische Schmerz

bringt einen um. Tödlich ist auch die Herablassung und
die Verachtung all derjenigen, die denken, ein anhalten-
der Trauerschmerz zeuge von einer Trägheit des Willens
oder von eitler Schwäche.

16 Ich höre ein heiseres Röcheln. Ich weiß nicht, woher es kommt. Ich liege zusammengerollt in meinem Bett. Alles Blut scheint sich aus meinem Herzen zurückgezogen zu haben. Es ist trocken, winzig klein, hart wie ein Kiesel. Ich kann nicht mehr lesen. Ich kann nicht mehr fernsehen oder Musik hören. Mit fehlt der dicke weiche Leib meiner Großmutter. Er fehlt mir ganz schrecklich. Dieser Mangel kratzt von innen an den Organen und schafft zwischen den Rippen und dem Becken eine große Leere. Ich sehe wieder die Schlafzimmer meiner Kindheit vor mir, das meiner Mutter, das meiner Großmutter, das meines Onkels, diese leeren Schlafzimmer, durch die ich wandele und mir wünsche, ich wäre nie gezeugt worden. Ich betrachte dieses Hotelzimmer, in dem dieser Körper, der einst mir gehörte, unter einer Erschöpfung einschläft, die so gewaltig ist, dass sie schon nicht mehr die einer bestimmten Person ist. Und hinter all diesen Schlafzimmern öffnet sich plötzlich eine Tür, die in ein Krankenhauszimmer führt, in dem mein Vater bis in alle Ewigkeit im Sterben liegt, während ich bis in alle Ewigkeit zu Hause auf seine Rückkehr warte. Am Ende meiner Kräfte angelangt, verlasse ich das Bett mit einer staubigen Schwere. Schleppe mich in eine Drogerie.

Frage nach Lavendelsäckchen. Kehre auf mein Zimmer zurück. Ich reiße ein erstes Lavendelsäckchen auf. Reibe das Säckchen an meiner Nase. Öffne ein weiteres. Und noch eines. Die Lamellen der Fensterläden knistern wie brennendes Holz. Die Luft ist staubgesättigt. Das Badezimmer erstrahlt in klinischer Sauberkeit. Mein Vater und mein Onkel stürzen in ein Zimmer, zum Bett eines Kranken. Von hinten haben sie jetzt dieselbe Gestalt, untersetzt und dick, den gleichen gedoppelten Körper, die gleiche Haltung. Zusammen sehen sie endlich glücklich aus. Ich streckte die Hände nach ihnen aus. Schneeartige Punkte tanzen auf meiner Retina. Die Wände treten beiseite und geben den Blick auf einen Park frei. Ich bin auf der großen Terrasse mit den Löwen, im Schloss meiner Großeltern. Ich bin fünfzehn Jahre alt. Bäume und Statuen verschwinden im Nebel. Der Tee ist serviert. Der wächserne Mund des Baron von R. nähert sich meinem Gesicht, bis er ganz nah ist. Und was möchten Sie im Leben einmal beruflich machen, Mademoiselle? Ich antworte: Schreiben. Er beginnt zu lachen und setzt dann mit einem schroffen und spröden Lächeln hinzu: Zum Glück haben Sie alle Zeit der Welt, Ihre Meinung zu ändern. Reglos auf meinem Stuhl sitzend, pfeife ich durch die Zähne. Halt's Maul, du Witzfigur. Ich hebe den Blick zum Eckturm, hinüber zum alten Schlafzimmer meines Vaters. Mit zitternden Lidern sehe ich, wie ein Wasserspeier sich vom Gemäuer löst und dem Baron auf den Kopf fällt, der trotzdem mit einem breiten Lachen seine Zähne zeigt. Ich spüre einen hartnäckigen Aasgeschmack im Mund. Blut befleckt seine Schuhe und seinen Anzug, holt den Baron zurück in das Nichts, aus dem er gekommen war. Ich lächele. Stelle meine Porzellantasse wieder auf dem Silbertablett ab. Nehme meine Tasche. Stehe auf. Wortlos verlasse ich die Terrasse. Harry nimmt seine Tasche. Er steht auf. Wortlos verlässt er den Hörsaal der Fakultät. Ein Zug nimmt ihn mit. Ein Zug nimmt mich mit. Ich bekomme keine Luft. Mit sehr sanfter Stimme erzählt die Großmutter, von dem Bett aus, von dem sie sich nur noch sehr selten erhebt, dem Kind, das ich jetzt wieder bin, in seinem kleinen blauen Bettchen ausgestreckt an ihrer Seite liegend, von dem Schiff für Frankreich, von der Würde, die es zu wahren gilt, von den Drachen, die besiegt werden müssen, den Zauberflüchen, vor denen man sich in Acht nehmen soll, flüsternd: Ich weiß es jetzt, ich habe es erst nach dem Tod deines Vaters verstanden, diese Wahrsagerin, die mir die Zukunft vorhergesagt hat, als ich noch ein ganz junges Mädchen war, lange vor der Geburt deines Vaters und deines Onkels, dass ich zweieinhalb Kinder haben werde, na ja, und siehst du, dieses halbe Kind, das bist du, denn du bist weit mehr als nur meine Enkelin, du ähnelst ihm so sehr. Während sie noch spricht, sofern ihre Lippen nicht schon geschlossen sind, setzt sich der Trauerzug der Stimmen, die die Flure mit Gelächter und Schreien auskleideten, in mir in Bewegung, wie ein Totentanz. Ich streichle ihre flaumige Wange. Kuschle mich in die Kuhle ihres Nackens. Du riechst so gut nach Lavendel, Oma. Alles wird dunkel. Das Schlafzimmer schrumpft zusammen. Es gibt keine Tür mehr. Die Decke bewegt sich. Ich will raus. Sie senkt sich herab. Ich will raus. Sie wird uns erdrücken. Lasst mich raus. Die Spiegel sind verschleiert. Die Möbel hüllen sich in weißen Stoff. Die Schränke schließen sich wieder, dann öffnen sie

sich und geben den Blick frei auf Kleider, die meine Großmutter nicht mehr tragen wird, und ich stehe reglos, aufrecht, in dem großen Friedhof, in dem, wie ich seit meiner
Kindheit weiß, ein Platz auf mich wartet, und drücke die
ausgebesserten Stoffe mit aller Kraft an mich und
stammle: Verzeih mir, verzeih mir, bis ich merke, dass
mein Mund sich verflüssigt und wegschmilzt. Ich wache
auf, schweißgebadet, bedeckt mit zerfallenen Lavendel-
blüten, bass erstaunt, dass ich brüllen kann, wo ich doch
gar keinen Mund mehr habe. Ich versuche mich zu rühren. Betrachte meine Hände. Diese Handschuhe aus Haut,
die an meinen Armen hängen, sind nicht mehr meine
Hände. Ich gehe zum Fenster hinüber. Draußen wirkt
alles unecht. Die Wolken rollen wie Schaum auf meine
Augen zu. Der Wind pfeift ein Echo unverständlicher
Stimmlaute. Er gewinnt an Kraft, fährt mit heftigen Stö-
ßen durch die verschwommenen Schlafzimmer, die unge-
machten Betten, die geliebten Gesichter, die glücklichen
Erinnerungen, die plötzlich in Böen zu mir zurückwehen,
nicht als ob all das einst existiert hätte, sondern als ob
all das existierte, jetzt, und ich sie anschaute, unter einem
Haufen schwarz gewordener Erde, wo ich seit aller Ewigkeit gebettet liege.

Die Nacht glänzt, schlammig, ohne einen Lufthauch. Es
gibt keine Sterne mehr. Ich habe nie gelebt. Ich gehe auf
den Spiegel zu. Ein Kopf schaut mich mit hohlen Augen
an. Ich lege eine Hand auf den Spiegel. Er legt eine Hand
auf den Spiegel, sein Vater und sein Bruder hinter ihm.
Wir lächeln ein und dasselbe Lächeln, dann reißen wir
uns mit ein und derselben Grimasse voneinander los. Ich
drehe mich um. Ich sehe mich immer noch auf meinem

Bett liegen. Ich will schreien. Die Worte, die mit mir in einen wandlosen Brunnen gefallen sind, bieten keinerlei Halt mehr.

Die Lichter gehen an. Der Krankenträger kommt angerannt. Jemand brüllt. Man wirft eilends den Körper einer jungen Frau auf einen Tisch.

Als ich wieder zu mir komme, liege ich in einem anderen Zimmer, bei meiner Mutter.

Ihre Augen. Mein Schweigen. Unser Schmerz. Unsere Erinnerungen.

Niemand hatte bemerkt, dass in Zimmer Nr. 48 des Splendid Hotels, begraben unter einem Berg von Unrat, eine Leiche wohnte. Ich zahlte weiter die Monatsmiete.

17 Die Traurigkeit, die einem auf die Brust fällt, sobald man die Augen öffnet. Die völlige Appetit- und Kraftlosigkeit, die jeden Impuls, aufzustehen, zunichtemacht. Die Flucht in den Teer des Schlafes. Die Träume wandern durch die Ruinen der Kindheit: ein Schlafzimmer, in dem sich kein Spielzeug mehr befindet, eine Küche, in der die Reste einer Mahlzeit verderben, ein verkohlter Park mit entwurzelten Weiden. Die Angstattacken, die einen um drei Uhr morgens wecken. Der Körper, seiner Organe beraubt, bis obenhin gefüllt mit einer schwarzen Flüssigkeit. Der Kopf, der gegen die Wand schlagen will, weil er nicht fühlt, dass es ihn gibt. Das Weiß der Kliniken, in dem die Mutter, in großer Angst wegen dem, was ihrer eigenen Mutter passiert ist, fleht, man möge ihr Kind nicht einsperren. Die Verhandlungen um die häusliche Pflege. Die Qual der Schuldgefühle, wenn man um sich herum die so vertrauten grauenerregenden Möbel betrachtet. Die Schmach, wieder von dieser Mutter und diesem Stiefvater abhängig zu sein, vor denen man hatte fliehen wollen und die fortan die Einzigen sind, auf die man sich verlassen kann. Die Unfähigkeit, länger als ein paar Minuten ohne Überwachung zu sein, weil man die Sprachfähigkeit verloren hat und weil man, im Wachzustand oder im Schlaf, nicht einmal mehr das Gefühl hat, alles habe ein Ende, sondern die Gewissheit, vom Grauen eines immer wieder von vorn beginnenden Alptraums verschlungen zu werden.

Sie hören sich alles an, was die Ärzte sagen. Sie nicken. Sie versuchen, das Ausmaß der Traurigkeit, die Intensität der Angst zu verstehen. Sie tun so, als würden sie verstehen. Sie sagen immer wieder: Ich verstehe. Sie sagen, sie hätten immer alles getan und dabei gedacht, das Richtige zu tun. Sie fragen: Möchtest du, dass wir deine Kopfkissen aufklopfen? Man versteckt sich unter dem Panzer der Bettdecke. Sie setzen sich aufs Bett. Sie stammeln: Wir haben dich ganz doll lieb oder: Der Doktor ist optimistisch oder: Du wirst es schaffen. Sie dachten nicht einen Augenblick, dass man traurig sein kann, geerbt zu haben, traurig, eine Großmutter verloren zu haben, die man nicht liebte, traurig wegen eines Vaters, den man gar nicht gekannt hat. Sie sagen immer wieder (wie ängstliche Kinder, die mit guten Gefühlen die bösen Gedanken, die sie heimsuchen, verbergen wollen, die dunklen Mächte, die sie nur schlecht unter Kontrolle haben): Wir dachten, du würdest dir fern von uns ein schönes Leben machen. Dass du das Bedürfnis hattest, allein zu sein, um wieder zu dir selbst zu finden. Dass die Tatsache, dass du dich nicht meldest, bedeutet, dass alles gut ist. Und wir haben deine Entscheidung respektiert. Sie weinen. Sie bitten um Verzeihung. Man starrt sie von einem Punkt aus an, der die reine Negation ihrer Weltordnung ist. Man sagt, man nehme ihnen nichts mehr übel. Aber mit dieser Floskel sind sie wieder beruhigt. Sie hören nicht das Quietschen im Kopf der kaputten Marionette, die höhnisch lacht, weil man auf niemanden mehr böse ist, weil man niemandem mehr etwas übelwill, weil man nichts mehr will. Man wendet den Blick ab. Man starrt den Riss in der Wand an, in dem die Sonne erlischt und dem nach und nach zwei Schatten entsteigen.

18 Mit schreckgeweiteten Augen stopft er sich den Körper seines Sohnes tief in den Schlund. Auf der Rückseite dieser letzten Postkarte, die der Mutter und dem Stiefvater geschickt wurde, steht nur »Meine lieben Eltern, mir geht es sehr gut, ich hoffe Euch auch. Ich umarme Euch fest«, und diese Bildbeschreibung: »Francisco de Goya, Ohne Titel oder *Saturn verschlingt eines seiner Kinder*, 1819–1823«.

19 Man sagt Ihnen, Sie müssen leben, Sie werden leben, Sie sollen leben, das Leben ist schön, Sie sind zu jung zum Sterben, kämpfen Sie, Sie werden sehen, es lohnt die Mühe. Man sagt zu Ihnen, Sie stehen unter Schock, später müssen Sie sich jemanden suchen, mit dem Sie darüber reden können, dem Sie erzählen, warum und wie es dazu kommen konnte, aber gegenwärtig ist es noch zu früh, über all das zu reden, es würde Ihnen eher schaden als guttun, das muss sich alles erst beruhigen, was man Ihnen da gegeben hat, das ist ein neues Medikament, bei Epileptikern und Leuten wie Ihnen schlägt es gut an, wir haben gute Ergebnisse erzielt, und dann haben wir noch zusätzlich ein Neuroleptikum verordnet, gegen die Angstzustände, und ein Antidepressivum, ein sehr starkes Mittel, und damit sehr effektiv, da werden Sie vielleicht ein wenig an Gewicht zulegen, aber das ist das kleinere Übel.

Ich gehe auf wie ein Hefekloß. Ich gehe noch weiter auf. Ich schlafe achtzehn Stunden am Tag, aufgrund der Medikamente traumlos. Wenn ich einmal nicht schlafe, fällt mir die Nacht in die Brust, jede Bewegung liegt außerhalb des Bereichs meiner Möglichkeiten. Man sagt Ihnen: Der Harnverhalt ist eine Nebenwirkung. Dass die Ängste und die Traurigkeit nicht weggehen, sowas kommt vor. Machen Sie sich keine Sorgen, wir werden andere Wirkstoffe ausprobieren, Sie werden vielleicht noch ein wenig mehr an Gewicht zulegen, aber es ist wie alles im Leben, man muss das Verhältnis von Nutzen und Risiko gegeneinander abwägen. Jetzt geht es darum, dass Sie ein wenig vergessen, was Ihnen geschehen ist, damit Ihnen das nicht alles immerzu im Kopf herumgeht. Ich gehe noch mehr auf. Ich vergesse nichts. Die Beine bewegen sich ganz von allein, der Mund zieht sich zusammen. Das Anschwellen der Brüste und das Auslaufen der Milch, das Heraushängen der Zunge, alles Nebenwirkungen der Behandlung. Man nimmt noch ein »Korrekturmedikament« hinzu. Na also, das hätten wir. Die Zunge bleibt drin, die Beine werden steif. Das Denken ist verlangsamt. Man bewegt sich gar nicht mehr. Schwarze Pupillen, blasse Gesichtshaut, Körpertemperatur und Körperspannung am Tiefpunkt, die Leber so fett wie die einer Gans, die man zur Familienfeier serviert. Als ich das Haus verlasse, geklammert an den Arm meiner Mutter, weil die Äste der Bäume mir Angst machen, langsam die Straße überquere, bis zum Analysezentrum, zur Blutentnahme, wo die Wirkung der Medikamente auf Herz und Leber untersucht wird, beobachte ich die jungen Frauen und die jungen Männer auf der Terrasse des Cafés. Sie haben das kommende Jahrhundert in den Augen. Die jungen Frauen sind so schön, so fröhlich. So selbstsicher. In der Ferne, im Schaufenster des Cafés, schwebt ein Friedhof, in dem ich den Schatten eines Kopfes mit geschwollenen Lidern entdecke, die Wangen mit Helium aufgeblasen, darüber ein Bauch, der aussieht wie ein paar aufeinandergestapelte Reifen, sowie wabbelige Beine. Dick, was heißt schon dick. Aufgedunsen, aus dem Leim gegangen. Wie mein Vater, mein Onkel und meine Großmutter.

20 Man sagt Ihnen, Sie müssen arbeiten, Arbeit bedeutet Gesundheit, Arbeit macht autonom, jetzt, da sich in Ihrem Kopf alles beruhigt hat, müsstest du dich wirklich wieder an die Arbeit machen, wieder lernen, mit anderen zusammenzuleben, dir Regeln auferlegen, dich herausfordern, das wird dir guttun. Auf dem Arbeitsamt, bei dem Sie gestrandet sind, betrachtet man Sie als etwas Abstoßendes, weil Sie seit über drei Jahren nicht mehr gearbeitet haben. Wenn es Ihnen gelingt, in Worte zu fassen, dass Sie immer gerne geschrieben haben, dass das, was Ihnen fehlt, vielleicht eine Arbeit ist, bei der Sie schreiben könnten, ernten Sie Naserümpfen: Wir kennen Ihre Krankenakte ganz genau. Außerdem, die Literaten, für die haben wir sowieso keine Arbeit.

Man schickt Sie auf ein Seminar, in dem man Ihnen beibringt, wie Sie sich »vor dem Hintergrund der Wirtschaftskrise, die den verschiedenen internationalen Katastrophen sowie dem Zerplatzen der Spekulationsblase geschuldet ist«, verkaufen können. Das nächste Seminar schwänzen Sie. Man ruft Sie zur Ordnung: In Anbetracht Ihres Zustandes müssen Sie sich damit abfinden, dass Sie die erstbeste Anstellung, die man Ihnen offeriert, annehmen müssen, ansonsten droht die Tagesklinik. Eine

Halbtagsstelle bei einer Marketingagentur, das geht gerade noch. Müll, ich produziere dort Müll – in dem Fall Werbepost, die die Briefkästen verstopft und in den Mülltonnen der Mietshäuser landet; dann kommt ein Laster sie abholen, bei der Sammelstelle wird der Müll am Ende kleingemahlen, durchgeknetet, zu immer grauerem Pappmaschee recycelt, das man für den Druck von Prospekten und Werbepost nutzen kann, die am Ende wieder in den Briefkästen der Mietshäuser landen werden, obwohl sie immer noch keiner haben will. Jeden Wochentag weckt mich meine Mutter, macht mir etwas zu essen, fährt mich mit dem Auto zur Agentur. Um Punkt achtzehn Uhr verlasse ich das Büro, steige wieder ins Auto meiner Mutter und gehe wieder ins Bett. Die beiden Zyklen von Recycling und Müllausstoß sind perfekt synchronisiert.

Ich weiß nicht mehr, wie man beim Kopfrechnen addiert und subtrahiert. Anstelle bestimmter Wörter habe ich Löcher im Hirn. Man sagt mir, das sei unwichtig. Wissen Sie, wenn es gar nicht mehr geht, müsste man über eine Hospitalisierung nachdenken, das wäre für Sie der Anfang eines besseren Lebens.

Krankheit und chronische Schmerzen verwandeln uns schließlich in Experten unserer Symptome. Mit anderen Worten, wir wissen, wie man sie vertuschen kann, um einen Anschein von Normalität zu wahren, um wenigstens auf eine jämmerliche Art respektabel zu bleiben. Ich weiß, dass ich mich niemals im Spiegel anschauen darf; er spiegelt nichts. Ich weiß auch, wie ich mich hinter dem Bildschirm meines Computers verstecken kann, wenn die Medikamente, die ich mittags genommen habe, dazu führen, dass mir plötzlich der Kopf nach vorn kippt.

Wenn alles verschwimmt, wenn die Leute keine Konsistenz mehr haben, wenn die ganze Existenz Traumbildern gleicht, wenn jedes Gespräch zu einem morbiden Geraune von Toten wird, wenn ich nicht mehr gegen die Überzeugung ankomme, dass ich mich, während ich das alles beobachte, im Limbus befinde, dann fange ich mit irgendeinem Kollegen ein Gespräch über irgendein Thema an, damit die Tatsache, dass er mir antwortet, mir hilft, mich von meiner aktuellen Wirklichkeit zu überzeugen. Wenn die Angst zu groß wird, verlasse ich still meinen Platz und gehe zur Toilette, wo ich mich verstecke, bis der Anfall vorüber ist. Durchhalten, ich muss durchhalten, du musst durchhalten, halte durch, ich halte das nicht länger durch. Als ich meine Kündigung einreiche, am Ende meiner Kräfte, lässt der Chef der Agentur die Bemerkung fallen: Du enttäuschst mich. Ich antworte nichts darauf. Ich lächle. Und gehe wieder schlafen.

21 Anderthalb Jahre gehen vorüber.

22 Harry und Armand bleiben stehen, in einer unwirklichen Stille, und drehen sich gleichzeitig um. Dann wenden sie sich ab, wie ein einziger Schatten, und beugen sich über den Kinderwagen, in ihrer Bewegung gestoppt. Das Bild friert ein. Manche der Filmspulen, die lange in einer Schublade gelegen hatten, sind an einigen Stellen geschnitten, so wie diese hier. Mit derlei Übungen kennt der Nachbearbeiter sich gut aus. Er weiß genau, dass etliche Jahrzehnte vergehen können, ehe diese Familienfilme, die in Kellern, in Speichern, in Kisten, in Schränken, in Schubladen oder in den Seitenwänden von Kamerataschen geschlummert hatten, ihm anvertraut werden. Er ist sich nie hundertprozentig sicher, etwas aus ihnen herausholen zu können. Aber er beschäftigt sich fast den ganzen Tag damit. Er macht die Streifen weg, betrachtet sich jeden Farbwechsel auf dem Film ganz genau. Repariert die Erinnerungen der anderen. Die Kundin, die ihm ein Dutzend Filmrollen anvertraut hatte, die nun schon achtundzwanzig Jahre in schwarzen Zelluloidschachteln ruhen, hat seit Anfang der Woche bereits zwei Mal angerufen. Am Telefon zitterte ihre Stimme. Sie flehte ihn an, alles zu retten, was zu retten war. Sie hatte es gar nicht unbedingt eilig, vielmehr war sie besorgt, fast verwirrt. Zwei Stunden später ruft er sie zurück. Diesmal ist es fertig. Als Ève noch am selben Tag die in Auftrag gegebenen Filmrollen abholen kommt, betrachtet er sehr genau ihre Augen, die weder ganz grün noch ganz blau sind, mit winzigen amberfarbenen Pailletten gesprenkelt. Trotz der Falten und dem von Müdigkeit gebeugten Körper erkennt er die strahlend schöne Blonde aus dem Familienfilm wieder.

23 Ich wurde geweckt, weil man mir etwas zeigen
wollte. Man sagte mir, es sei eine Überraschung.
Man sagte mir, es sei wichtig. Man ließ mich in einem
Sessel Platz nehmen. Ich sehe die traurige und sanfte
Miene meines Stiefvaters. Das verstörte Gesicht meiner
Halbschwester. Die Tränen meiner Mutter. Ich würde sie
gern trösten. Ich verstehe nicht, was mit ihnen los ist. Ich
bin müde. Ich wünschte, sie würden still sein. Ich will
wieder schlafen gehen. Ich hätte gern, dass man mich
schlafen lässt. Ein Film beginnt.

Plötzlich taucht mein Schloss aus dem Wald auf. Sand-
steintürmchen, schmiedeeiserne Gitter, kleine Kieswege
voller Unkraut, die zu einer romanischen Kapelle führen, ein von hundertjährigen Eichen gesäumter Weg, auf
dem sich zwei untersetzte Gestalten entfernen, im Gleich-
schritt, bekleidet mit Bademänteln, die sie vor dem Hintergrund der Mauern, die man in der Ferne ahnt, im er-
drückenden Licht des Sommers fast verschwinden lassen.
Einer von beiden schiebt einen Kinderwagen, aus dem
zwei kleine runde Füße hervorlugen. Sie bleiben stehen,
schütteln sich aus vor Lachen, ein Lachen, das man nie
zu hören bekommen wird, beugen sich über den Kinderwagen, reglos, wie ein einziger Schatten. Das Bild knis-

tert. Ihre Lippen bewegen sich kaum. Sie rühren sich nicht mehr.

Der Super-8-Film überzieht sich streifig mit weißen Schrammen, blockiert und löst sich wieder, und lässt sie ihren Spaziergang in großer Geschwindigkeit wiederaufnehmen, wie die Figuren einer burlesken Komödie aus der Stummfilmära flitzen sie zwischen blühenden Apfelbäumen und dichten Rosen- und Pfingstrosenbüschen hindurch, in denen seltsame, viel zu rote Punkte aufstrahlen, bis zu einem hinter einer Fichtenallee verborgenen Schwimmbad, unterhalb des Parks. Arme und Beine entspannt ausgestreckt, auf dem Rücken, das Gesicht gen Himmel gerichtet, treibt meine Großmutter Louise im Wasser, unglaublich jung, die Augen halb geschlossen, in einem Badeanzug mit großen malvenfarbenen Blumen. Mein Onkel Armand legt den Finger auf den Mund, bittet die unsichtbaren Zuschauer, still zu sein, fuchtelt wild mit den Armen, als wollte er gleich zum Himmel auffliegen, öffnet mit theatralischer Geste seinen Bademantel, bevor er in kurzer Badehose, die Knie angezogen, ins Becken springt. Wieder bleibt das Bild stehen, so dass er für einen Augenblick im Leeren stehen bleibt, in dem er wie in einem Schneesturm schwebt, der binnen weniger Sekunden losbricht und plötzlich endet. Er zerreißt die Oberfläche, verdrängt eine nicht unerhebliche Menge Wasser, beengt dabei seine Mutter, die, entzückt über seine Kühnheit, lauthals lacht und ihm Wasser ins Gesicht spritzt. Mein Großvater Joseph, in grauer Latzhose und grauer Mütze rechts am Bildrand stehend, fährt unbeeindruckt fort, auf dem Grill die Fleischspieße und Chipolata-Würstchen umzudrehen. Auf der nächsten Filmspule sieht man eine Spinne kopfüber in ihrem Netz hängen; ein großer Hund, schwarz und lohfarben, muskulös, läuft mit gefletschten Zähnen und hängender Zunge hinter einem Ball her; Wolken ballen sich, Regen fällt auf einen Fluss, der Himmel klart auf, zwischen den Wolken kommt wieder die Sonne hervor. Von unten kommt eine junge Frau ins Bild, im Schutz eines Strohhuts. Mama! Meine Mama. Wie schön sie ist. Ève steht auf, füllt plötzlich einen großen Teil des Bildes mit ihrer Schönheit, verwandelt durch ihr bloßes Erscheinen meinen Onkel und meine Großeltern zu Miniaturen, drängt sie in den Hintergrund. Auf der dritten Filmspule tut sie so, als wolle sie in einem Bikini aus makellosem Weiß unter einem Kirchbaum einschlummern, das Gesicht ist nicht zu sehen. In einem ebenfalls sehr weichen Licht, das rund um ihre kohlgeschwärzten Augen, die Brust, die Beine und die Arme eine Art Kokon webt, beißt sie in eine Frucht, raucht eine Zigarette, steht von ihrem Liegestuhl auf, schaltet ein Transistorradio ein, tanzt, dreht sich um sich selbst, lacht, dreht sich wieder und wieder. Auf ihren Lippen brennt eine jugendliche, freche und trotzige Freude, die Liebe und die Verachtung, die sie fürs Leben sowie für den hegt, der sie filmt und dem sie Küsschen zuwirft. Sie geht auf die Kamera zu, packt sie.

Die Farben des Films knallen mir ins Auge. Ich stoße einen Schrei aus.

Endlich sehe ich das Gesicht desjenigen, der sie gefilmt hat. Ich sehe das Gesicht meines Vaters.

Sein Bild füllt den Bildschirm.

Mein lebendiger Vater.

Ich sehe meinen lebendigen Vater.

Ich sehe, wie er sich bewegt. Er hat sich also einst bewegt. Er bewegte sich. Er bewegt sich. Er existierte. Er hat existiert.

Mein Atem geht schneller. Ich sehe, wie er sich bewegt. Wie er lacht. Ich sehe ihn ins Schwimmbecken springen. Er krault, schlecht, auf ein kleines Gummiboot zu. Er ist wirklich nicht schön. Er ist lächerlich. Er ist kein guter Schwimmer. Er ist so lebendig. Er ist so jung. Er ist phantastisch.

Die Kamera wird von anderen Händen übernommen. Mein Onkel taucht auf. Er geht auf meine Mutter zu, streift sie. Sie steht vor ihm, blickt ihm tief in die Augen. Er betrachtet die Haarsträhne, die eine leichte Brise auf ihre Lippen weht. Und das ferne Mysterium der Worte, die sie wechseln, strahlt aus auf das, was die Filmspule dieses Familienfilms enthüllt, auf dem etwas später Picknicks, Feste, Geburtstage und so viel Fröhlichkeit zu sehen ist, so viel Lächeln, so viel Gelächter, so viele Tage, an denen alles noch einen Augenblick funkelt.

Ich sehe meinen Vater aus dem Wasser steigen. Ich sehe, wie er sich abtrocknet. Sehe ihn zu einem Tragekörbchen gehen, das im Schatten eines Baumes abgestellt wurde. Sehe ihn ein Baby mit einem vom Schlaf noch ganz zerknitterten Gesicht auf den Arm nehmen. Er streichelt ihm die Wange, küsst es zärtlich, dann flüstert er ihm etwas zu, das der Film, der stumm ist, nie preisgeben wird. Das Kind öffnet die Augen, spreizt sein kleines Fäustchen, greift nach dem Finger seines Vaters und sieht ihm tief in die Augen. Sein winziges Gesichtchen strahlt vor Freude. Die Mundwinkel gehen hoch. Ich liebte dich also, und du liebtest mich auch.

Nie hat mir jemand gesagt, dass ich meinen Vater geliebt habe.

Jetzt schaue ich meine Mutter an, wie sie weint, in die Armen ihres Mannes geflüchtet. Ich wende den Blick ab.

Ich stehe auf. Ich bin immer allein gewesen. Du hast mich nie verlassen. Diese ganze Zeit, die Zeit ohne dich, war ich nie allein. Ich war auch du. Ich war zwei. Ich gehe auf meinen Vater zu. Ich lege eine Hand auf seine Wange, so wie er auf der anderen Seite des Bildschirms seine Hand auf die meine legt. Sein schrecklich sanftes Lächeln zerschmilzt über meinem Mund. Mein Lachen erschallt, zusammen mit meinen Tränen.

24 Etwa zehn Tage später, gegen Mittag, wache ich auf. Ich gehe ins Badezimmer. Ich habe keine Angst mehr, in die Wanne zu steigen.

Ich drehe die Dusche auf. Spüre das Wasser auf meiner Haut. Ich habe keine Angst mehr, mich zu waschen.

Ich steige aus der Wanne. Ziehe einen Morgenmantel an. Spüre den Kontakt mit dem rauen Stoff am Rücken.

Ich gehe in die Küche. Schenke mir einen Kaffee ein. Der Kaffee ist gut.

Etwas ist anders. Ich blicke aus dem Fenster. Ich sehe die Farben der Dinge.

Ich kehre wieder ins Badezimmer zurück. Ich schalte das Licht ein. Ich hebe den Kopf und wage einen furchtsamen Blick in den Spiegel.

Am Mittwoch, dem 27. April 2005, beschließen die Ärzte, nachdem sie meine plötzliche Heilung, die sie sich nicht erklären können, festgestellt haben, die Neuroleptika, die Phasenprophylaktika und die Antidepressiva auszusetzen. Ich habe nie wieder welche genommen.

25 Ich bin gestorben. Und wieder von dort zurückgekehrt. Ich durfte altern.

Ich bin selbst ein Mensch geworden, der Menschen heilt. Vielleicht ist es eine seltsame Wahl, den größten Teil seiner Tage der geheimen Farbe der Welt zu lauschen und den dunkelsten Schmerzen der Menschen. Doch wenn man das Gefühl hat, die Einsamkeit wurde verstanden, wird sie manchmal, endlich, erträglich.

Das Wissen, das der Tod in uns hinterlässt, geht nicht wieder weg. Nach bestimmten Erschütterungen lebt man nie wieder wirklich mit sich selbst. Aber genau das ist auch der Grund, warum es möglich ist, intensiver zu lieben: Da alles bereits verloren ist, gibt es von nun an nichts mehr zu verlieren.

Ich habe die Person gehasst, die ich bis zum Tod meiner Großmutter gewesen bin. Fritz Zorn kommt in *Mars* zu dem Schluss, dass der Krebs, an dem er mit zweiunddreißig Jahren starb, ziemlich im gleichen Alter, in dem mein Vater von der Krankheit dahingerafft wurde, ein Segen war und ihn aus dem Konformismus seines Milieus, dem des Großbürgertums der Goldküste des Zürcher Sees, herausgerissen hatte. Der Zusammenbruch, der mich als Tote zurückließ, war das Beste, was diesem Individuum geschehen konnte, das meinen Namen trug, das ich eigenhändig in einem Hotelzimmer hätte umbringen müssen, so sehr hasste ich es. Manchmal lässt sich das, was ein Schicksal zur einen oder zur anderen Seite ausschlagen lässt, auf nichts zurückführen. Hat weder etwas mit Leistung noch mit Mut zu tun. Ist Zufall. Ein Fensterladen, der in einer Küche klappert. Eine von Herzen und Sternen umringte Mutter auf einer Kinderzeichnung. Und das Geld? Es gibt kein Geld mehr. Dieses Geld war verflucht. Ich habe es voller Wehmut verbrannt. Ich habe es zu meiner Behandlung gebraucht, und es hat mir ein fünfjähriges Studium ermöglicht, bei dem ich lernen konnte, wie man andere Menschen heilt.

Jetzt, da alle, um die es hier geht, oder fast alle, unter der Erde sind, bleibt mir die Erinnerung an das, was sie an Schönheit, Würde, Mut und Größe in sich trugen, und noch ein wenig Schnickschnack, ein bisschen Geschirr, die Liebesbriefe meines Vaters an meine Mutter und die Beleidigungsbriefe meines Onkels an meine Mutter, die im Grunde zwei Seiten ein und derselben Medaille sind. Manchmal glaubt man, mit dem Schmerz sei man durch, und dann stößt man auf einen Brief, eine Fotografie, eine Haarbürste, die Brille des Verstorbenen oder seine Aufzeichnungen aus dem zweiten Jahr Medizinstudium und versteckt sich, um zu weinen. Man behauptet, dass wir, indem wir durch die Erinnerung die ganze Komplexität unserer Beziehungen mit der verschwundenen Person wieder aufleben lassen, den Verlust verwinden können, uns bereitwillig davon lösen können, und eines Tages wieder Lebensfreude entdecken, die Freude am Lieben. Und das stimmt auch, meistens.

Aber das, was Leute wie ich durchmachen, ist etwas anderes. Für uns hört die Trauerzeit niemals auf. Denn wir wünschen uns nichts weniger als das. Wir wollen nicht gezwungen werden, sie auszutreiben. Uns ist nicht daran gelegen, den Verlust zu verwinden. Wir möchten nicht getröstet, von der verlorenen Sache getrennt werden. Wir leben ständig in und mit unseren Toten, im düsteren Strahlen unserer versunkenen Welten; und genau das macht uns glücklich. Von Saturn, dem kalten, sehr weit von der Sonne entfernten Fixstern, sagt man, er sei der Planet des Herbstes und der Melancholie. Aber Saturn ist vielleicht auch ein anderer Name für den Ort der Schrift – den einzigen Ort, an dem ich leben kann. Nur wenn ich schreibe, stellt sich meinen Schritten im Schweigen des Tonlosen nichts entgegen, kann ich zugleich meinen Vater verlieren, kann ich, wie damals, warten, dass er zurückkommt, und am Ende zu ihm zurückfinden. Eine größere Freude kenne ich nicht.

In einer Ballade von Gustav Schwab ist ein Reiter auf dem Weg zum Bodensee, um mit dem Boot überzusetzen. Es ist Winter. Alles ist unter Schnee verborgen. Ohne es zu wissen, prescht der Reiter im Galopp übers Eis. Als er schließlich das andere Ufer erreicht, ist er erstaunt, den See noch immer nicht gesehen zu haben, und fragt, wo er denn zu finden sei. Man teilt ihm mit, er habe ihn soeben überquert. Beglückwünscht ihn dazu. Bei diesen Worten erstarrt er. Sein Herz hört auf zu schlagen. Er sinkt vom Ross herab. Es ist nicht möglich, an den Ort unserer Auslöschung zurückzukehren, ohne sich am Ende mit Schrecken vor Augen zu halten, was man da alles überlebt hat.

Und trotzdem, eines Tages, versteckt im großen Pulsieren

einer von Bergen eingeschlossenen Stadt, in die man nie zurückzukehren dachte, schreibt man, von der anderen Scite eines Sees aus, den man endlich überquert hat, ohne darin zu ertrinken, mit einer Hand, die ganz winzig klein, zitternd und verschämt, so unsicher ihrer selbst ist, das auf, was man bereits im Dunkel eines Kinderzimmers geflüstert hat, in dem man ganz allein mit den an die Decke geklebten Papiersternen und Planeten geredet hat.

Ich habe jetzt um die Augen und entlang der Wangen die Falten, die mein Vater nie haben wird. Dieses Buch hat meine Kräfte aufgezehrt. Aber das Einzige, was zählt, ist, dass alle, die wir geliebt haben, alle, die wir beweint haben, alle, die ich mir eingebildet habe, all die verpufften Träume, all die Orte, die ich nie besucht habe, all die Kämpfe, all die Leidenschaften, diese Risse, die nur noch in den Erinnerungen von Erinnerungen existieren, die man mir erzählt hat, die Gesamtheit der Welt, in der wir aufgetaucht sind, alles, was uns getötet hat, ihn und mich, all das wird uns nichts weiter anhaben als ein Windhauch, der zu Füßen eines spielenden Kindes ein Schloss aus Bauklötzen umwirft. Ich trete in den Herbst des Saturn ein. Und auf dem Weg, auf den ich mich mache, allein, aber mit meinem Vater, allein, aber mit denen, die ich liebe, allein, aber mit den Melancholischen, den Verliebten, den Trauernden und den Ruhelosen, allein, aber verborgen in der Menge der Lebenden und der Toten, alles ist verloren, alles wird weiterleben, alles ist verloren, alles ist gerettet. Alles ist verloren. Alles ist herrlich.

ANMERKUNG DER ÜBERSETZERIN

Pieds-noirs: Nach der Unabhängigkeit Algeriens verließen hunderttausende Algerienfranzosen, sogenannte »Pieds-noirs«, das Land in Richtung Frankreich. Ihre (Re-)Integration in das ihnen oft unbekannte Heimatland gestaltete sich schwierig.

OAS: Untergrundbewegung, die eine Loslösung Algeriens verhindern wollte und von Teilen der französischen Armee und Polizei Unterstützung erfuhr. Durch die blutige Terrorwelle der OAS sollte das verlorene koloniale Algerien durch eine Taktik der »verbrannten Erde« zerstört werden. Sie kostete mehreren Tausend muslimischen Algeriern das Leben. Durch die Auswanderungswelle verlor Algerien nicht zuletzt auch seine Bildungselite und den wirtschaftlichen Mittelstand, was die sozioökonomische Situation des Landes nach der Unabhängigkeit belastete.

Die französische Originalausgabe erschien 2020 unter dem Titel
»Saturne« bei Éditions du Seuil, Paris.

Die vorliegende Übersetzung wurde mit dem Aufenthalts-
stipendium »Literatur in Québec« des Bayerischen
Staatsministeriums für Wissenschaft und Kunst in Kooperation
mit dem Oberpfälzer Künstlerhaus gefördert.

Penguin Random House Verlagsgruppe FSC® N001967

1. Auflage
Erstveröffentlichung Januar 2025
btb Verlag in der Penguin Random House Verlagsgruppe GmbH,
Neumarkter Str. 28, 81673 München

produktsicherheit@penguinrandomhouse.de

Covergestaltung: semper smile, München, unter Verwendung
eines Motivs von © Mark Atkins/Panoptika.net
Satz: Uhl + Massopust, Aalen
Druck und Einband: Norhaven Book A/s, Viborg
KLÜ · Herstellung: kh
Printed in Denmark
ISBN 978-3-442-77482-1

www.btb-verlag.de
www.facebook.com/penguinbuecher